더러운 손을 거기에 닦지 마

옮긴이 박정임

경희대학교 철학과, 일본 지바 대학원에서 일본 근대문학 석사 과정을 마쳤다. 옮긴 책으로 마스다 미리의 '수짱 시리즈'를 비롯하여 다니구치 지로, 온다 리쿠, 미야자와 겐지 등 굵직한 작가들의 작품과 『고독한 미식가』, 『꽃 아래 봄에 죽기를』, 『밤의 이발소』 등 개성 있는 작품들을 번역하였다.

**YOGORETA TE WO SOKO DE FUKANAI by ASHIZAWA You**

Copyright © 2020 ASHIZAWA You

All rights reserved

Original Japanese edition published by Bungeishunzu Ltd., in 2020.

Korean translation rights in Korea reserved by Finis Africae under the license

granted by ASHIZAWA You, Japan arranged with Bungeishunzu Ltd., Japan

through JM Contents Agency Co., Korea.

이 책의 한국어판 저작권은 JM Contents Agency Co.를 통해 Bungeishunzu Ltd.와 독점 계약한 **피니스 아프리카에**에 있습니다. 저작권법에 의하여 한국 내에서 보호를 받는 저작물이므로 무단전재와 복제를 금합니다.

더러운 손을
거기에 닦지 마

아시자와 요 지음 ― 박정임 옮김

피니스
아프리카에

## 차례

단지 운이 나빴을 뿐 7

벌충 49

망각 99

매장 133

미모사 189

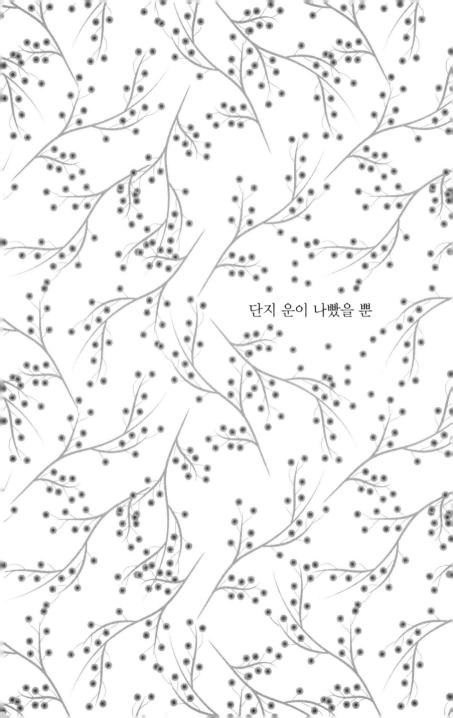

단지 운이 나빴을 뿐

✝ 일러두기
본문의 모든 주는 옮긴이 주입니다.

장지문을 여닫는 소리가 어디선가 멀리 이어지고 있다.

열렸다가는 닫히고, 열렸다가는 닫히고, 열린 채로도 닫힌 채로도 있지 않고 그저 문지방 위를 끊임없이 미끄러지는 낡은 장지문. 사람의 얼굴을 닮은 문 가장자리의 옅은 얼룩은 문이 좌우로 흔들릴 때마다 점점 커져 간다.

도망가야 한다고 나는 생각한다. 저것은 분명 무시무시한 존재일 거야.

절대 눈이 마주쳐서는 안 돼. 하지만 생각과는 달리 몸이 전혀 움직이지 않는다는 사실에 숨을 죽인다. 그 순간 잠에서 깼다.

익숙한 천장 나뭇결이 시야에 들어왔고, 탕 하고 금속을 두드리는 맑은 소리에 참고 있던 숨이 새어 나온다.

아, 대패질 소리.

베개에서 머리를 뗀 것과 남편이 대패를 쥔 손을 멈춘 것은 동시였다.

"일어났어?"

"응." 대답하는 목소리가 심하게 쉬어 있다. 기침이 나올 것 같았지만 한번 기침을 시작하면 멈출 수 없을 것 같아서 나오기 직전에 삼켰다. 가볍게 눈인사를 하고 눈앞에 내밀어진 찻잔을 받아 떨리는 팔을 움직여 목을 축인다.

"고마워."

남편은 짧게 고개를 끄덕이고는 다시 작업대로 몸을 돌린 후 쇠
망치로 두드려 가며 덧날을 조정했다. 다시 장지문을 여닫는 듯한
소리가 울리기 시작한다.

무얼 만들고 있는 걸까.

남편의 손에는 길이 1미터 정도의 각재가 들려 있었다. 의자나
선반 같은 것을 만들고 있는 걸까.

하지만 꽤 오랜 시간이 흐르도록 남편은 같은 목재를 대패질할
뿐 다음 공정으로 넘어가지 않았다. 작업대 위에 산더미처럼 쌓여
가는 나무 부스러기에 나는 가슴을 강하게 짓누르는 듯한 압박감을
느낀다.

남편이 무언가를 만들고 있는 것이 아니라는 것을 깨닫는다. 남
편은 단지 마음을 진정시키기 위해 손을 움직이고 있는 것이다.

내가 6개월의 시한부 선고를 받은 것은 지금으로부터 약 1년 전
의 일이었다.

남편의 피부양자로 등록된 건강보험으로 55세 건강검진을 받았
다가 정밀 검사가 필요하다는 소견이 나왔다. 무언가 착오가 있었
겠지 하고 웃으면서 검사를 받았지만, 결과는 말기 암이라는 진단
이었다.

이미 여러 장기로 전이된 상태라서 수술은 할 수 없었고, 약물요
법을 단행했지만 그것도 효과가 없어서 치료를 중단했다.

최소한 마지막은 집에서 맞고 싶다는 나의 바람을 남편은 받아 주었다. 남편은 공공 기관 소속 목수에서 창호 제작자로 직업을 바꾼 이후 하루의 대부분을 보내게 된 작업장 구석에 의료용 침대를 놓아 주었다.

남편이 작업하는 모습을 보는 것이 좋았다. 나무의 상태를 확인하는 날카로운 눈, 거침없이 도구를 다루는 손놀림. 그 마디진 손가락이 만들어 내는 엄숙한 소리에 귀를 기울이고 있으면 요동치는 심신의 고통이 조금씩 가라앉았다.

하지만 갈수록 쇠약해지는 아내를 눈앞에서 지켜보는 남편은 하루하루가 어떤 심정이었을까.

남편을 생각한다면 자신의 존재감을 조금씩 지워 가는 것이 맞을 터이다. 자신이 없어져도 남편의 생활에 큰 변화가 없도록.

그런데도 나는 남편 옆에 조금이라도 더 있고 싶은 욕심에 마지막을 집에서 맞겠다고 한 것이다.

'아, 정말 한심해.'

불현듯 시어머니의 목소리가 뇌리에 떠올랐다. 그 말을 들은 순간의, 머리에 냉수를 끼얹은 듯한 느낌까지 기억난다.

벌써 20여 년 전의 일이다. 시아버지가 뇌경색으로 쓰러졌고, 다행히 목숨은 건졌지만 간병이 필요하다는 말을 들었을 때였다.

'어떡해, 앞으로 어떻게 해야 하지.' 하는 말만 되풀이하던 시어머니를 보며 나는 어떻게 해야 할지 생각했다.

시아버지가 이렇게 된 이상 같이 사는 편이 좋겠다는 생각이 가장 먼저 들었다. 시아버지는 몸집이 크다. 시어머니에게만 간병을 맡기는 것은 너무 가혹하다. 같이 산다면 방은 어떻게 쓰는 게 좋을까, 아예 개축을 하는 편이 나을까…… 거기까지 생각했을 즈음 "아, 정말로 한심해." 하는, 내리치는 듯한 목소리가 날아들었던 것이다. "아까부터 안절부절못하고 눈치만 보고 있네. 좀 진지하게 생각할 순 없니?"

'그건 오해'라는 말이 바로 나오지 않았다. 목에 무언가가 막힌 것처럼 온몸이 차가워지는 것이 느껴졌다.

"진정해."

낮고 조용한 목소리가 옆에서 들린 것은 그때였다.

"도와코가 진지하게 생각하지 않을 리가 없잖아."

남편은 당연한 말을 하는 것처럼 그렇게 말하고 내 어깨에 손을 올렸다. 그 손바닥의 온기로 경직된 몸이 조금 풀어진다.

"저는, 같이 산다면 방을 어떻게 사용하면 좋을지……."

내가 힘겹게 쥐어짜듯 말한 순간, 시어머니는 이상한 음식이라도 먹은 듯한 표정을 지었다.

"지금 그런 생각을 할 때니?"

"하여간 따지기 좋아한다니까."로 이어지는 말에 몸이 위축된다.

그 말은 어렸을 때부터 자주 들었던 말이었다. 너는 왜 그렇게 잔말이 많니, 선소리하지 마라, 넌 정말 귀염성이라곤 없구나…….

또 실수했다고 생각했다. 일시에 후회와 수치심이 밀려와 볼이 뜨거워진다.

하지만 남편은 다시 한번 진정하라고 말했다.

"어머니가 어떻게 하면 좋겠냐고 말씀하시니까 도와코는 대처법을 생각했을 뿐이잖아."

'이 사람은 알아주는구나.' 하고 생각한 순간 울음이 나오려고 한다. 하지만 이 상황에서 울면 시어머니를 탓하는 모양새가 될지도 모른다는 생각이 들자 나오려던 눈물이 도로 들어갔고, 몇 초 후 차라리 여기서 우는 편이 그나마 귀염성이 있는 것이라고 깨닫는다.

시어머니도 아버님이 갑자기 쓰러지자 놀라서 경황이 없었을 것이다. 이튿날에는 말이 지나쳤다며 시어머니는 사과했고, 그 이후로 그와 비슷한 말을 들은 적은 없었다.

함께 살게 된 이후로는 오히려 정말로 좋은 며느리를 얻어서 행복하다는 말을 몇 번이나 들었고, 돌아가시기 직전 시어머니는 "아들보다 네가 더 친자식 같아."라는 말씀까지 하셨다.

시어머니가 과거의 일을 마음에 품고 있다는 생각은 들지 않았고, 애당초 그때의 말이 시어머니의 본심이었다고도 생각하지 않는다. 위급한 상황에 비로소 본성이 드러난다는 말이 있지만 위급 상황에 드러나는 것은 역시 위급 상황의 감정이며, 그것이 그 사람의 본질이나 본심이라는 생각은 경솔한 판단이다.

그런데 왜 이제 와서 그 말을 떠올리고 있을까. 특별히 시어머니에 대한 불만이나 맺힌 게 있는 것도 아닌데.

나는 무거워진 눈꺼풀을 내리고 길게 숨을 뱉어 냈다.

……만약 아이를 낳았다면 어땠을까.

그 생각은 지금까지 수도 없이 해 왔다. 나와 남편의 아이는 어떤 아이였을까. 아이를 키우는 인생은 어떤 것이었을까. 만약 아이가 있었다면 내가 먼저 세상을 떠나도 남편은 혼자가 아닐 텐데.

56세. 그 숫자를 어떻게 받아들이면 좋을지 생각할수록 알 수가 없다.

20대 무렵에는 50대라는 터무니없는 미래에 자신이 살고 있다는 상상조차 잘 되지 않았다. 하지만 막상 50대가 되어 병을 얻고 남아 있는 미래가 거의 없다는 선고를 받고 나니, 자신이 평균수명까지 살 것이라고 믿고 있었다는 사실을 깨닫게 된다.

당연히 있어야 할 길이 갑자기 막혀 버린 것에 의미를 부여하지 않을 수 없다. 건강검진을 더 자주 받았어야 했나. 식생활에 문제가 있었나. 어떤 죗값을 받은 것인가……. 하지만 그것은 아니다. 본디 평균수명이라는 것은 그저 평균이기 때문에, 그것을 기준으로 생각하는 것 자체가 난센스라는 것을 알면서도 여전히 원래 주어졌어야 할 것을 빼앗긴 듯한 기분이 든다. 그리고 그 원인이 자신에게 있는 것은 아닐까 하는 생각이 드는 것이다.

남편은 앞으로 얼마나 더 살게 될까. 부디 오래오래 살기를 바라면서도, 백년해로를 약속했던 상대를 남겨 두고 떠나지 않으면 안 된다는 것이 견디기 힘들다.

결국 나는 남편에게 아무것도 해 줄 수 없게 되었다. 그렇게 생각하자 온몸에서 힘이 빠져나가는 듯한 허무함과 어쩌지 못하는 초조감이 동시에 밀려왔다. 아니, 남편에 대해서만이 아니다. 결국 나는 이 세상에 아무것도 남기지 못한 것이 아닐까.

눈꺼풀을 들어 올리자 남편은 여전히 대패질을 하고 있었다. 중간중간 대팻날과 덧날을 조정해 가면서 신중한 손놀림으로 대패를 움직이고 있다.

규칙적으로 울리는 기어가는 듯한 소리.

남편은 예전부터 1년에 몇 차례씩 가위에 눌렸다. 나쁜 꿈이라도 꾸었냐고 물어봐도 대답이 없었고, 이튿날에는 평소보다 오랫동안 대패질을 했다.

나는 시간을 들여 천천히 상체를 일으킨다. 남편이 손을 멈추고 고개만 돌렸다. 묻는 듯한 시선에 나는 주저하며 입을 열었다.

"있지, 여보."

작정하고 해야 할 만큼 의미 있는 일이라고 생각하지도 않았고, 확신이 있었던 것도 아니다.

단지, 내가 아무것도 남기지 못하고 떠난다면 최소한 거두어 갈 수는 있지 않을까 생각했을 뿐이다.

남편을 괴롭히는 무언가가 있다면 그 무언가를.

"만약 당신 마음에 뭔가 힘든 일이 있다면 내가 저세상으로 가져가 줄까?"

남편의 작은 눈이 휘둥그레진다.

"말하고 싶지 않으면 안 해도 돼. 그저 계속 품고 있기 힘든 일이 있다면 내게 맡긴다고 생각하고 놓아 버리는 것도 좋지 않을까 생각했어."

남편의 눈동자가 흔들리는 것이 보였다.

쿵 하고 무거운 물체가 작업대에 놓이는 소리가 울린다. 남편의 마른 입술이 미세하게 떨리고 목울대가 위아래로 움직였다.

몇 초 후, 남편은 숨을 깊이 들이마셨다.

"난 예전에 사람을 죽게 한 적이 있어."

남편은 오랫동안 어둠 속에 묻어 두었던 것을 힘겹게 꺼내듯 조용히 이야기를 시작했다.

*

공업고등학교를 졸업하고 곧바로 미쓰무라 건축 사무소에서 일하기 시작했다.

고등학교 수업에서 기초를 배우기는 했지만, 당연히 작업 현장에 바로 투입될 수는 없다. 먼저 목수 수습생으로 잡일을 해 가면서 현장에서 5년 정도 경험을 쌓으면 일단 수습생이라는 딱지는 뗄 수 있다. 하지만 제대로 된 목수로 인정받으려면 최소 10년은 걸린다.

그리고 5년째가 되던 어느 날, 사무실에서 전화 한 통을 받았다.

"왜 이렇게 늦어!"

수화기를 들자마자 날아든 고함에, 굳이 누구인지 물어볼 필요도 없는 상대에게 먼저 진저리가 났다. 그 짧은 순간을 예리하게 감지한 듯 "제기랄." 하며 혀를 차는 소리가 이어졌다. "요즘 젊은것들은 인사도 제대로 못 한다니까."

"죄송합니다. 항상 이용해 주셔서 감사합니다, 미쓰무라 건축 사무소입니다."

아차 싶어서 황급히 자세를 바로 하고 대답하자 "흥." 하는 콧방귀 소리가 들린다.

"이봐, '이용해 주셔서 감사합니다'는 상대방의 이름을 들은 후에 하는 말 아닌가? 상식이잖아."

"그러니까, 나카니시 씨 맞으시죠?"

"난 그런 말 한 적 없어."

나카니시는 다시 발끈했다. 나는 "죄송합니다." 하고 고개를 움츠렸지만, 내가 이름을 말하지 않았다면 단골 고객의 이름도 못 외우냐고 또 화를 냈을 것이 분명했다. 실제로 몇 번이나 그렇게 호통 친 적이 있었기 때문이다.

처음 나카니시를 화나게 했을 때 꾸지람을 각오하고 소장님에게 보고하자 그는 "누가 단골 고객이라는 거야." 하고 웃었다. "나카니시의 용건이라 봐야 어차피 삐걱거리는 의자를 고치라거나 전구를 갈아 달라는 거밖에 없잖아."

소장님의 말이 사실이라는 것은 이내 몸소 깨닫게 되었다. 나카니시의 의뢰는 한 달에도 수차례나 들어왔지만, 건축 회사의 본래 업무가 아닌 단골손님에 대한 서비스 요청이 대부분이었다. 가끔 방충망 수선이나 벽지 교체를 의뢰할 때도 있지만, 무엇 하나 큰돈이 되는 것은 없었다.

하지만 나카니시가 아닌 다른 손님이 그랬다면 그렇게까지 나쁘게 말하지 않았을 것이다. 사무소의 모든 사람이 나카니시를 싫어했다. 의뢰를 받아 작업을 해 주고 나면 '이까짓 일로 돈을 버니 참 편하고 좋겠네.' 하고 비웃었고, 잠시라도 일상적인 대화를 나누게 되면 식당에서 음식이 늦게 나왔다고 항의해서 공짜로 먹었다는 자랑 같지도 않은 자랑이나 딸이 손자 얼굴도 보여 주지 않는다는 등의 푸념을 지겹도록 늘어놓았다.

베테랑 목수일수록 나카니시의 집에 가려 하지 않았고, 애당초 베테랑 목수만이 할 수 있는 작업을 의뢰하는 일도 없다. 필연적으로 가장 신참인 내가 나카니시를 담당하게 되었다.

한숨을 참으면서 볼펜을 들었다. "그래서," 하고 용건을 물으려는데 "거기서는 어떤 개축도 가능하지?" 하고 말을 막는다.

"개축이요?"

그렇게 되묻는 순간, 대각선 쪽에 있던 소장님이 고개를 들었다. 소장님이 말없이 손을 뻗었고, 나는 나카니시에게 담당자를 바꿔 주겠다는 요지를 황급히 전달한 후 소장님에게 수화기를 건넸다.

잠시 후 전화를 끊은 소장 말에 의하면, 나카니시가 의뢰한 내용은 제법 큰 규모의 개축 공사였다. 아내와는 사별하고 딸도 결혼해서 분가한 탓에 방이 남으니 2층의 방 두 개를 없애고 거실 천장을 2층까지 높이고 싶다고 한다. 하는 김에 주방과 욕실 설비도 최신형으로 교체하고 싶다니 꽤 돈이 되는 공사다. 다른 고객보다 손이 좀 간다는 점을 감안하더라도 역시 쏠쏠한 작업이 될 듯했다.

이 의뢰는 내게도 뜻하지도 않은 행운이었다. 소장님이나 실제로 작업에 참여할 베테랑 목수가 직접 나카니시와 협의를 한다면 자신은 나카니시 담당에서 벗어날 수 있게 된다. 경험을 쌓기 위해 동석 정도는 할지라도 이전처럼 불평이나 비난의 직접적인 표적이 되는 일은 없으리라고 생각하자 마음이 편해졌다. 하지만 막상 뚜껑을 열어 보니 그 예상은 착각이었다.

아무리 나카니시라고 해도 드세고 박력 있는 소장님에게 설복당하는 경우가 많았고, 그때마다 그가 그 울분을 터뜨리는 대상은 역시 나였다.

나카니시는 처음에는 소장님이 제시한 안을 받아들였다가 얼마 후 나에게 "아무것도 모르는 일반인이라고 얕잡아 보고 바가지를 씌워도 모를 거라고 생각하나 본데, 그렇게는 안 되지." 하며 침을 튀기기 시작한다. 다른 회사의 견적까지 보여 주면서 설명을 거듭한 끝에 간신히 공사를 진행했지만 문턱이 표준 규격의 높이였는데도 자신이 걸려서 넘어졌다는 이유만으로 부실 공사라고 소동을 피웠다.

결국 소장님이 직접 나서서 공사 내용을 일일이 설명해 가며 준공 서류에 서명을 받은 것은 공사 기간이 통상적인 기간보다 반년 이상 지체되었기 때문이었다.

서명한 후에도 여전히 이까짓 공사로 그런 거금을 받아 내다니 순전히 바가지라며 생트집을 잡고 늘어지는 나카니시를 간신히 떼어 내고 소장님과 함께 사무실로 돌아갔다. 그러자 공사에 참여했던 직원들이 모두 몸을 일으키면서 "어떻게 됐어?" 하고 묻는다. 무사히 서명을 받을 수 있을지 불안했던 것이다.

마침내 소장님의 "오늘은 그만 정리하고 회식이라도 할까."라는 한마디에 분위기가 한껏 들뜬 순간이었다.

사무실의 전화벨이 요란하게 울렸고, 모두 움직임을 멈췄다.

불길한 예감이 들었다. 그리고 모두 같은 생각을 했는지 아무도 전화를 향해 손을 뻗으려고 하지 않는다.

초조감을 부채질하는 듯한 그 벨 소리는 나카니시의 고함 소리와도 무척 닮아 있었다. 이봐, 당신들 일 안 하고 뭐해. 일하는 척해 봐야 난 다 안다니까.

마치 정말로 어디선가 지켜보고 있나 싶은 타이밍에, 이미 공포에 가까운 심정으로 전화를 받는다.

"네, 미쓰무라 건축 사무소입……."

"이봐! 어떻게 책임질 거야!"

수화기를 통해 날아온 호통 소리는 공기가 덜덜덜 진동할 만큼 크게 울렸다. 이름을 밝히진 않았지만, 물론 물어볼 필요도 없다. 모두의 시선을 받으면서 나는 배에 힘을 주었다.

"저기, 무슨 문제가 있었습니까?"

"문제 정도가 아니야! 이거 완전히 부실 공사잖아!"

귀에서 수화기를 조금 떼고 소장님을 본다. 소장님은 미간을 찡그리며 담배에 불을 붙였다. 피곤한 듯 연기를 뿜어내는 모습을 보고 나는 고민 끝에 수화기를 고쳐 쥔다.

"조금 전에 함께 공사 내용을 확인하고 준공 서류에 서명을 해 주셨습니다만⋯⋯."

"아까는 들어오던 불이 켜지질 않는다고!"

순간 말이 나오지 않았다. 헉 소리가 절로 나오려는 것을 간신히 참는다.

현장에 가서 확인할 필요도 없이 원인은 분명했다.

전구가 없는 것이다.

마지막 점검 때 소장님이 전구를 끼우고 전기를 켜 보인 후, 전구가 나가서 연락하면 교환하러 오겠다고 설명하자 나카니시는 "그런 식으로 일일이 돈을 받아 낼 셈이냐?"라며 성질을 부리기 시작했다. "사다리만 있으면 이까짓 것 아무나 할 수 있어."

그 말투에 소장님도 화가 났을 것이다. "그러면 이 전구는 빼도 되겠죠." 하고 소장님이 담담한 목소리로 말하자 나카니시가 "어차피 일반인은 못 할 거라고 얕잡아 보는 모양인데." 하고 내뱉길래 소장님이 그대로 전구를 빼 버렸던 것이다.

내가 "저기, 전구는," 하고 말을 꺼낸 순간, 나카니시는 당시의 상황이 떠올랐는지 "닥쳐!" 하고 격앙된 목소리로 말했다.

"그딴 건 나도 알아! 내 말은, 돈을 그렇게 받고 공사를 했으면서도 쩨쩨하게 전구값까지 받으려는 당신들 태도가 마음에 안 든다는 거야!"

나는 소리가 나지 않게 가만히 숨을 내뱉는다. 그것은 안도의 한숨이기도 했다. 정말로 공사에 결함이 있었던 것은 아니었다.

"전구 끼우러 갈까요?"

"당연하지!"

호통과 함께 전화가 끊겼다. 나는 이번에야말로 긴 한숨을 쉬며 수화기를 내려놓았다.

내가 나카니시의 집에 다녀와서 회식에 참가하겠다고 하자 직원들은 착하다며 웃었다. 그런 인간, 내버려 둬도 돼. 사다리만 있으면 아무나 할 수 있다고 그 인간이 말했다며.

나 자신도 왜 가겠다고 했는지 알 수 없었다. 거실 천장의 전구를 바꾸려면 3미터 정도의 사다리가 필요한데 근처의 생활용품점에 그런 사다리는 없을 거라는 생각이 들었지만, 생각해 보면 나카니시에게는 다른 건축소에 부탁한다는 선택지도 있었다. 이 일을 계기로 나카니시가 거래처를 다른 회사로 옮겨 준다면 앞으로 그에게 불려 다니지 않아도 될 텐데.

나카니시의 집이 가까워질수록 후회하는 마음은 커졌지만, 그래도 '다른 곳에서는 이런 의뢰를 받아 주지 않아. 전구가 없으면 불편할 거야.' 하고 자신을 타이르며 차에서 내렸다. 하지만 나를 맞이한 것은 나카니시의 뚱한 얼굴과 '돈 벌려고 이런 설계를 했냐.'라는 말이었다.

나는 양손으로 사다리를 끌어안은 채 멍하니 서 있었다.

돈벌이고 뭐고 거실 천장을 높이고 싶다고 한 사람은 나카니시 자신이다. 청소나 전구 교체 등이 불편해진다고 몇 번이나 설명했지만 나카니시는 알았으니까 시킨 대로 하라고 고집했다.

무엇보다 이 정도의 품삯으로 정말 돈벌이가 된다고 생각하는 걸까. 출장하는 데 드는 비용을 생각하면 오히려 적자인 판에.

"……딱히 비용은 필요 없습니다."

나는 나지막이 대답하며 현관에 서 있는 나카니시 옆을 지나쳤다. 빨리 안으로 들어가고 싶었지만 함부로 움직였다가는 사다리 다리가 벽에 부딪힐 것 같아서 조심스럽게 들어갈 수밖에 없었다. 접힌 다리를 고정하는 물림쇠를 곁눈질로 확인하고 있자. 뭘 꾸물거리느냐는 호통이 뒤에서 날아들어 귀 뒤쪽이 뜨거워진다. 차라리 툇마루로 들어올 것을 그랬다는 후회가 들었지만 되돌아 나가면 또 되돌아 나간다고 닦달할 게 뻔했다.

나는 최대한 빨리 작업을 마치고 얼른 사무실로 돌아가려고 발길을 돌렸다. 하지만 현관에 이르렀을 때 나카니시가 불러 세웠다. "거기, 자네."

"네."

얼굴에서 표정을 지우고 돌아보니, 나카니시가 옆구리에 끼고 있는 사다리를 턱으로 가리켰다.

"그 사다리, 얼마야?"

"네?"

무슨 말인지 바로 이해하지 못했다. 나카니시의 시선을 따라 사다리를 내려다보고서야 '사다리만 있으면 이까짓 거 아무나 할 수 있을 텐데.'라고 했던 말을 떠올린다.

설마, 진짜로 직접 교체할 생각인가.

"이건 파는 물건이 아니……,"

"그걸 내가 모르겠나."

나카니시는 짜증을 숨기려고도 하지 않고 혀를 찼다.

"하지만 그런 사다리가 없으면 거실 전구를 갈아 끼울 수가 없지 않나."

"아니, 그러니까 또 연락을 주시면 교체해 드리겠습니다만."

"그렇게도 푼돈이 받고 싶은가?"

나카니시가 진심으로 무시하는 듯 입술을 삐죽인다. 나는 너무 황당해서 멍하니 있다가 뒤늦게 밀려온 피로감에 미미한 현기증을 느꼈다.

"그게 아니라, 위험합니다. 생각보다 꽤 높아요."

"어디서 노인네 취급이야! 자네 소장이나 나나. 나이 차이가 얼마나 난다고."

나카니시가 잡아먹을 듯한 말투로 응수한다. 나는 비어 있는 손으로 관자놀이를 눌렀다. 소장님은 올해 예순일곱으로, 나카니시와는 거의 같은 세대라고 할 수 있다. 하지만 오랫동안 목수로 일해 온 소장님과 나카니시는 당연히 신체 능력이 다르다.

"그건 소장님이 특별한 경우입니다."

"그래? 그럼 다시 사다리를 펴 봐. 내가 올라가는 걸 보여 주지."

이야기가 왜 이렇게 흐르는 걸까 생각하면서도 나카니시의 뜻을 거스를 수 없었다. 어쩔 수 없이 바닥에 사다리를 눕히고 물림쇠를 풀어 접혀 있던 다리를 끌어낸다. 발판을 잡고 물림쇠를 다시 채운 후 천천히 세웠다. 실제로 올라가 보면 포기할지도 모른다는 계산도 있었다. 사다리는 자신이 직접 올라가 보면 옆에서 볼 때보다 훨씬 높게 느껴지는 법이다.

하지만 예상외로 나카니시는 안정적인 자세로 사다리를 올랐다.

"하여튼 남 위하는 척하면서 제 잇속만 차리는 것들이라니. 어때, 더 할 말 있나?"

비웃는 말투에 눈동자가 흔들린다. 몇 초 생각한 후 "사다리를 사는 게 훨씬 비싸게 먹힙니다." 하고 말했다. 나카니시가 손익계산에 집착한다면 어디까지나 같은 전제로 이야기하는 편이 효과적이라고 판단했다. 실제로 이 업무용 사다리는 꽤 비싸다. 설령 전구를 매달 교체한다고 해도 본전을 뽑기는 힘들다.

그러자 나카니시는 불쾌한 듯 얼굴을 찡그렸다.

"내가 돈이 없을 것 같나?"

왜 이야기가 이렇게 흐르는 거냐고.

몸에서 힘이 빠져나가는 것이 느껴진다. 고집불통이라는 단어가 떠올랐다. 그렇다. 이 남자는 단지 트집을 잡고 싶은 것이다.

"돈이라면 있어."

나카니시가 마치 드라마의 악역처럼 말하면서 지갑을 연다. 나는 얼떨결에 눈길을 주었다가 깜짝 놀라 눈이 휘둥그레졌다. 엄청난 양의 지폐가 마구잡이로 꽂혀 있는 지갑이 접히지도 않을 만큼 빵빵하게 부풀어 있다.

"이렇게 큰돈은 본 적도 없을걸."

나카니시는 깔보는 듯한 미소를 띠며 거만한 동작으로 지갑에서 지폐를 뽑았다.

"그래서 얼만데?"

왠지 돈을 똑바로 보지 못하고 고개를 숙인다.

"……소장님에게 물어봐야 합니다."

"쓸모없는 녀석."

나카니시는 콧방귀를 끼고는 "전화 빌려주지." 하며 엄지손가락으로 전화기를 가리켰다. 잠시 망설였지만 일단 사무실에 전화해 보기로 한다.

이미 회식하러 갔으리라 생각했지만 소장님은 걱정하고 있었는지 바로 전화를 받았고, 무슨 일이냐고 물었다. 말을 골라 가면서 경위를 설명하자 어이없다는 듯 "뭐?" 하고 묻는다. "무슨 소릴 하는 거야. 사다리가 대체 얼마라고 생각하길래."

"돈은 있는 것 같습니다만……."

"뭘 우물쭈물하고 있어? 전화 바꿔."

조바심이 난 나카니시에게 수화기를 빼앗겼다. 나카니시의 말투는 거칠었지만 아까와 똑같은 설명을 했고, 대화가 어떻게 진행되는지 알 수 없는 상황에서 갑자기 난폭하게 전화를 끊었다. 어떻게 이야기됐을지 궁금했지만 나카니시는 설명도 없이 다시 지갑을 열었다. 지폐를 전부 꺼내더니 거무튀튀한 엄지에 침을 묻혀 가며 한 장 한 장 넘긴다.

"자, 이제 불만 없지? 그거 놔두고 가."

"저, 그렇지만……."

시선이 전화기로 향했다. 소장님이 정말로 괜찮다고 했을까.

"이건 회사에서 사용 중이니까 꼭 필요하시다면 새것으로 사다 드리겠습니다."

"방금 전화로 물어봤어. 이건 조금 구형이라서 똑같은 건 구하기 힘들 수도 있다더군."

"그러면 비슷한 것을 찾아서……."

"이게 마음에 든다고 하잖아!"

나카니시는 내게 돈을 밀어붙이고 사다리를 잡았다.

"당신들이 판매용으로 가져온 게 아니라서 더 믿음이 간다고."

어쩔 수 없이 사용법과 주의 사항을 설명한 후 사무실로 돌아오자 소장님은 "뭐야, 진짜로 팔아 버린 거야?" 하고 어이가 없다는 듯 말했다. 나는 당황해서 "역시 안 되겠죠." 하고 트럭으로 달려갔다. "바로 되찾아 오겠습니다."

"아니야. 됐어, 됐어."

운전석 문을 연 순간 대장이 쓴웃음을 지었다.

"돈은 받아 왔지? 오래 써서 낡은 게 좋다는데 어쩌겠어. 우리는 그 돈으로 새것을 사면 그만이야."

소장님이 손바닥을 내밀었고, 나는 나카니시에게 받은 돈을 황급히 그 위에 놓는다. 소장님은 지폐를 세면서 입꼬리를 올렸다.

"이제 더 이상 전구를 갈아 달라고 부르는 일도 없을 테고. 이런 게 바로 요행수라는 거군."

그 후 뒤늦게 합석한 회식 자리에서도 모두 잘했다고 어깨를 두

드려 주었다.

그리고 정말로 그날 이후 나카니시의 호출도 없었고, 서서히 그의 존재를 잊어 가고 있었다.

하지만 반년 후, 그 사다리에서 떨어진 나카니시는 머리를 바닥에 부딪쳐 사망했다.

*

남편의 말투는 마지막까지 조용했고, 그래서 더욱 복잡한 감정이 내면에서 소용돌이치고 있는 것처럼 들렸다.

"그건 당신 탓이 아니잖아."

진부한 말인 것은 알지만 말하지 않을 수 없었다.

아무리 생각해도 남편이 잘못했다고 볼 수는 없다. 순전히 그 나카니시라는 남자의 자업자득이 아닌가.

하지만 남편은 표정을 누그러뜨림 없이 얼굴을 대패에 향한 채거의 입술을 움직이지 않고 말을 이었다.

"사다리가 고장이 났었나 봐."

"고장이 나 있었다고? 하지만 팔기 직전까지 당신이 문제없이 사용했잖아?"

남편은 힘없이 고개를 흔든다.

"언제 고장이 났는지는 몰라. 나를 찾아온 형사 말로는 위에서 다섯 번째 발판의 한쪽이 녹슬어서 체중을 가한 순간 빠져 버렸대. 그 부분은 다리를 늘이고 줄이는 물림쇠를 움직일 때 반드시 손으로 붙잡는 곳이라서 내가 모를 리가 없거든. 나카니시 씨에게 넘기기 전까지 멀쩡했던 건 확실한데……. 아무래도 녹 방지 처리가 그곳만 벗겨졌던 것 같아. 사무실에서는 실내 작업장에 보관하니까 별 문제가 없었는데, 나카니시 씨 집에서는 비를 맞게 내버려 둔 탓에 그 부분만 녹이 슬어 버린 것 같다는 얘기였어."

"그러면 역시 당신 탓이 아닌 게 맞잖아?"

나는 가슴 깊은 곳에서 무언가가 끓어오르는 느낌을 받았다. 이 내 그 느낌이 분노라는 것을 깨닫는다. 오랜만의 감정이었다. 심장 박동이 빨라지고 현기증이 인다.

한밤중에 수도 없이 신음하던 남편의 모습이 떠올랐다. 괴로운 듯한 신음 소리, 듣고 있는 사람마저 몸이 오그라지는 듯한 이 가는 소리……. 그 원인이 이런 말도 안 되는 일이었다니.

"그 나카니시라는 사람이 제대로 관리하지 않은 게 잘못이잖아."

남편은 이번엔 고개를 젓지 않았다. 하지만 끄덕이지도 않는다.

"그래, 경찰도 그렇게 말했어. 사다리의 노후는 아무도 예측할 수 없는 일이고, 더구나 사용할 때만 펼치는 접이식 사다리를 펼친 상태로 보관하리라는 것도 예측할 수 없는 일이라고. 그러니까 책임감을 느낄 필요는 없다고."

"그렇지."

"하지만 그래도 내가 그 사다리를 팔지 않았다면 일어나지 않았을 사고야."

남편의 눈은 허공을 보고 있었다. 눈동자가 아주 잠깐 흔들렸고, 이내 다시 흐려진다.

"나는 그날 사다리를 갖고 돌아왔어야 했어. 무슨 소리를 듣든 일단 소장님에게 직접 물어보고 다시 오겠다고 버텼어야 했어."

"그렇지 않아."

나는 말을 꺼냈지만 더는 잇지 못했다. 생각이 채 정리되기 전에 남편이 다시 입을 열었다.

"설사 그때는 어쩔 수 없이 놔두고 왔더라도 나중에 다시 가져올 수는 있었어. 정말로 사다리가 필요한지 차분하게 생각할 시간을 주고, 그래도 꼭 갖고 싶다고 한다면 새것을 사다 줘야 했어."

그렇지 않다는 말이 이번에는 나오지 않았다. 남편은 분명 무엇을 어떻게 했다면 피할 수 있었을지 생각하고 또 생각해 왔을 것이다. 그리고 선택지를 발견할 때마다 자신을 책망했다.

"소장님도 선배들도 모두 신경 쓸 것 없다고 말해 줬어. 자네 탓이 아니라고, 자네 입장이었다면 나라도 그렇게 했을 거라고……. 나카니시 씨의 따님도."

남편이 쥐어짜는 듯한 목소리로 중얼거렸다.

나는 퍼뜩 고개를 들었다. 따님이라는 말을 듣기 전까지는 나카니시 씨 가족의 존재를 잊고 있었다. 아내를 먼저 떠나보내고 딸도 결혼해서 방이 남는다는 이야기를 남편이 분명히 했었는데도.

"따님은 나를 책망하는 듯한 말은 한마디도 하지 않았어. 오히려 이런 쓸쓸한 일에 휘말리게 해서 죄송하다고 말해 줬지. 그래도 내가 고개를 들지 못하자, '그날 사다리의 반대편 발판으로 올라갔다면 아버지는 추락하지 않으셨을 겁니다. 단지 운이 나빴을 뿐입니다.'라는 말까지 해 주더군."

어떤 심정으로 그런 말을 해 주었을까. 가슴이 아려옴과 동시에 고마운 생각마저 든다. 남편은 적어도 유족에게 비난을 받은 것은 아니었다.

하지만 남편은 "사고가 일어난 날, 따님은 약 이십 년 만에 친정에 온 거였대." 하며 말끝을 흐렸다.

"이십 년 만에?"

내가 묻자 남편은 "응." 하며 눈을 감는다. 그리고 아주 잠깐 망설이듯 틈을 두더니 나지막이 입을 열었다. "따님의 얘기로는, 결혼을 반대해서 도피하듯 집을 떠난 이후 거의 연락조차 하지 않았대. 손자 얼굴을 보여 주지도 않았고, 앞으로도 보여 줄 생각이 없었다고."

"그런데 왜……."

"따님에게 병이 생겼고, 시한부 선고를 받은 모양이야."

남편은 이번에는 틈을 두지 않고 단숨에 말했다.

"죽음이 가까워지자, 그제야 이대로 괜찮은 걸까 하는 생각이 들었대."

나는 주름투성이인 내 손을 내려다보면서 "그래." 하고 고개를 끄덕였다.

그 기분을 알 것 같았다. 죽기 전에 조금이라도 후회할 일을 없애고 싶다, 마지막 순간에 자신의 인생을 부정하면서 죽어 가고 싶지는 않다. 지금 내가 품고 있는 바로 그 감정이었다.

"하지만 결국 나카니시 씨는 손자의 얼굴을 못 보고 죽었어."

남편은 혼잣말처럼 중얼거리며 양손으로 대패를 꽉 움켜쥐었다.

"그날 손자는 안 왔던 거야?"

"따님이 먼저 만나 보고 만약 부친이 달라져서 조금이라도 화해할 수 있겠다 싶으면 다시 날을 잡아 데려올 생각이었대."

남편은 미간을 찡그렸다.

"……나카니시 씨가 결혼을 반대하면서 자식을 잘못 키웠다는 말까지 했던 모양이야. 외국인 따위랑 결혼해 봐야 차별만 받을 뿐 절대 행복할 수 없다고."

나는 숨을 삼켰다.

"어떻게 그런 말을……."

남편도 불쾌감을 억누르고 있는 표정이다.

"정말 너무하지. 발언 자체도 지독하지만, 본인이 차별적인 발언을 한다는 자각조차 없다는 게 더 패악이야."

친아버지에게 그런 말을 들은 딸은 대체 어떤 기분이었을까.

'넌 정말 귀염성이 없어.'

아버지에게 수도 없이 들었던 말이 떠올랐다. 별 뜻 없이 들은 말인데도 그 말이 저주처럼 늘 의식 깊은 곳에 가라앉아 있다. 하물며 '자식을 잘못 키웠다'는 말로 존재 자체를 부정당했다면……. 두 번 다시 보고 싶지 않은 마음도 충분히 이해가 간다.

하지만 그녀는 죽기 전에 아버지를 다시 만나 보기로 결심했다.

어쩌면 아버지가 변했을지도 모른다는 일말의 희망을 품고.

"제대로 대화도 나누기 전에 사고가 일어났던 거야?"

"응, 오랜만에 찾아온 집이 변한 것에 딸이 놀라하니까 나카니시 씨가 일단 개축한 부분에 대해 설명한 것 같아. 그리고 하필 그때 거실 전구가 나가는 바람에 나카니시 씨가 전구를 갈아 끼우려고⋯⋯."

남편이 숨을 내쉬는 소리가 들렸다. 나도 두 눈을 감고 길게 숨을 내쉰다.

정말 운도 없다⋯⋯.

아니, 그나마 다행이었다고 생각할 수도 있지 않을까.

남편의 이야기로 짐작해 보면 나카니시가 예전과 달려졌을 것 같지는 않다. 그런 나카니시에게 딸이 다시 절망하지 않고 끝난 것만으로도 오히려 다행이라고 할 수 있을지 모른다.

하지만 내가 그렇게 말하자 남편은 힘없이 고개를 저었다.

"그녀는 아버지가 아무것도 변하지 않았다는 걸 만나고 바로 알았다고 했어. '아버지는 내가 집 안으로 사다리를 옮길 때도 도와주지 않았고, 문을 잡아 주면서 비틀거리는 나를 히죽히죽 웃으면서 보고만 있었습니다.'라고."

남편이 천천히 고개를 들었다.

"게다가 이십 년 만에 아버지를 만난 딸이 실망한 건 그게 끝이 아니었어."

남편은 나를 바라보면서 한숨 섞인 목소리로 말을 이었다.

"그녀는 부친을 살해한 것이 아닌가 하는 의심까지 받았어."


"잠깐만," 나는 손을 뻗었다. "나카니시 씨가 사망한 건 사다리의, 그걸 뭐라고 하지, 발판인가? 그게 녹슬어서 떨어져 나가는 바람에 추락한 사고였잖아."

"응, 그건 확실해. 사고 직후 달려온 구급대원 얘기로, 나카니시씨는 구급대원이 도착했을 때 아직 살아 있었고 띄엄띄엄이나마 대화도 할 수 있었다니까. 그는 사다리에서 떨어졌다는 말은 했지만, 예컨대 딸에게 위해를 당했다거나 하는 이야기는 하지 않았대. 그리고 헛소리를 하듯 '왜 내가.' 하는 말만 반복했고."

"그런데 살해라는 얘기가 대체 왜 나와?"

이해가 되지 않아 나도 모르게 어투가 강해진다. 남편은 난처한 듯 눈꼬리를 내렸다.

"그건 그렇지만…… 어쨌든 간에 미필적 고의 같은 게 아닐까 하는 거지."

"사다리가 고장 난 것을 그녀가 알고 있었고, 사용하면 사고가 일어날지도 모른다고 생각하면서도 일부러 부친에게 올라가게 한 게 아닐까 하는?"

내가 묻자 남편은 조금 놀란 표정을 짓는다.

"금방 이해하네."

그것은 남편이 내게 자주 해 주는 말이었다. 도와코는 정말로 머리가 좋구나. 난 전혀 이해하지 못했어. 아버지라면 넌 귀염성이라곤 없다고 내뱉었을 상황에서 남편은 꼭 그렇게 말해 주었다.

남편은 바로 그런 이야기라며 끄덕였다.

"애초에 녹 방지 처리를 벗겨 낸 사람이 그녀가 아닐까 하는 의심을 받았던 모양이야."

"하지만 친정에 온 건 이십 년 만이었다며?"

"맞아. 딸이 경찰에 증언한 얘기로는, 부친이 시켜서 밖에 있던 사다리를 툇마루를 통해 실내로 옮기기는 했지만 사다리를 만진 건 그때가 처음이자 마지막이었대. 하지만 그 말은 거짓말이고 사실은 부친이 사다리를 구입한 직후에 친정에 온 적이 있었던 게 아닐까 의심하는 사람들이 있었던 모양이야. 그때 녹 방지 처리를 벗겨 두었고, 시간이 지나도 사고가 나지 않자 조바심이 나서 다시 찾아와 사다리를 사용하도록 유도했다는 거지. 뭐, 경찰 얘기가 아니라 주변의 소문이지만."

그런 말도 안 되는.

나는 힘이 빠졌다.

설령 녹 방지 처리를 벗겨 두었다고 해도 실제 사고로 이어질 만큼의 녹이 생길지 어떨지는 아무도 예측할 수 없다. 게다가 남편이 경찰에게도 들었듯이, 애초에 사다리의 다리를 늘였다 줄였다 해 보았다면 고장 났다는 것은 바로 알 수 있었을 것이다.

하필이면 사이가 안 좋은 딸이 20년 만에 찾아온 그날에 사고가 일어난 것이 부자연스럽다고 쳐도, 그렇다고 딸을 의심하는 것은 지나친 비약이다.

하지만 남편은 "딸이 의심받는 이유는 단순해."라고 말했다. "나카니시 씨가 거금을 갖고 있었기 때문이야."

저절로 "아." 하는 탄성이 나왔다. 그러고 보니 이야기를 들으면서 걸리는 부분이기도 했다. 개축 비용도 그렇고, 사다리도 그렇고, 묘하게 씀씀이가 크다는 인상이었다. 그전까지는 오히려 인색한 쪽이었지 결코 손이 큰 손님이 아니었던 것 같은데, 어찌 된 일인지 궁금했다.

"복권에 당첨됐다나 봐."

"복권?"

나도 모르게 목소리가 갈라졌다.

"응. 당시 금액으로 삼천만 엔, 그러니까 개축 비용을 지불하고도 사고 당시까지 이천만 엔 가까이 남아 있었대."

2천만 엔……. 분명 큰돈이다.

"딸은 집에 왔던 사고 당일까지 복권 이야기 같은 건 몰랐다고 주장했지만 믿어 주질 않았대. 이십 년이나 안 오다가 갑자기 나타난 건 복권 이야기를 들었기 때문이라고."

"하지만 그건 자신의 여생이 얼마 남지 않았다는 걸 알아서……."

"뭐, 거의 시샘 같은 것이었겠지. 그녀는 결국 그 돈을 그대로 상속하게 된 셈이니까."

문득 몇 년 전에 텔레비전에서 보았던 〈고액 당첨자의 말로〉라는 방송이 뇌리에 떠올랐다. 당첨자가 강도를 당했다는 외국의 사건, 비행기 추락 사고의 피해자가 된 당첨자, 당첨금으로 인한 상속 분쟁…… 전부 그 불행을 재미있어하는 듯한 논조였다고 기억한다. 역시 복권 같은 게 당첨되면 제대로 되는 일이 없다는 식의, 남의 행운을 인정하기 싫은 뉘앙스가 '말로'라는 단어 선택에도 드러난다.

그렇다. 2천만 엔은 분명 목돈이지만 유산으로서 치면 그리 엄청나게 큰돈은 아니다. 그런데도 그렇게까지 주목을 받은 것은 그 돈이 복권 당첨금이었기 때문이 아닐까.

나는 베개에 뒷머리를 묻고 한숨을 쉬었다.

"그래서 결국 그 딸은 의심을 받은 채로 끝났어?"

"아니, 얼마 후 의심은 풀렸어."

남편은 잠시 책상 서랍을 뒤져 종이 한 장을 꺼내 내게 내밀었다.

가장자리가 누렇게 변한, 제법 두께가 있는 종이 상단에 〈연수 프로그램〉이라고 쓰인 것이 보였다.

"이건……,"

의아해하면서 받아 들자 남편은 "뒤에 나카니시 씨의 체험담이 실려 있어." 하면서 뒷면을 보여 준다. 남편이 가리킨 손끝에는 작은 고딕체로 '나카니시 시게조 씨 71세'라고 적혀 있었다.

"따님 말로 이 연수 프로그램은 요즘 말하는 자기 계발 세미나 같은 거래. 당시 미국에서는 부자가 되기 위한 철학이 유행했는데, 미국에서 온 강사가 그걸 가르쳤다나 봐. 간단하게 말하면 선행이 운을 부른다는 내용이야."

"자기 계발 세미나."

나는 읊조리듯 입속말로 따라 해 본다. 하지만 이해하지 못한 채 체험담 본문을 읽었다.

저는 이 프로그램 덕분에 복권 일 등에 당첨되었습니다. 하지만 생각해 보면 강의 내용은 제가 이미 어렸을 때부터 자연스럽게 실천해 왔던 것이라는 생각도 듭니다.

글의 첫머리는 그런 내용으로 시작되고 있었다. 아마도 구두로 인터뷰한 내용을 정중한 말투로 바꿔서 정리했을 터이다.

부자라고 하면 흔히 인색하다거나 악착같다는 등의 네거티브한 이미지를 떠올릴 것입니다. 하지만 실제로 그런 사람들은 흔히 말하는 중산층 정도의 부자로, 진짜 부자 중에는 오히려 인격자들이 많습니다.

인색하기는커녕 사람들에게 끊임없이 나눠 줍니다. 길거리의 휴지를 줍기도 하고, 도리에 어긋난 행동을 하는 사람이 있으면 지적하는 등의 '선행'을 남의 시선을 의식하거나 보상을 바라서가 아니라 자연스럽게 행합니다.

남의 험담을 하지 않고, 물론 집 안에서도 옷차림을 늘 단정히 합니다. 그리고 조상님을 소중히 여기죠. 부지런히 성묘를 다니고 매일 불단에 인사를 올립니다. 그렇습니다. 인사는 중요합니다. 최근에는 제대로 인사도 할 줄 모르는 젊은 이들이 많지만요. 역시 신께서는 그 모든 것을 지켜보고 있다고 생각합니다. 그래서 억척스럽게 돈에 매달리지 않아도 저절로 운이 좋아지는 것입니다.

그리고 큰돈을 벌었다고 함부로 자랑하지 않습니다. 남의 시기를 받게 되면 문제가 생기기 때문입니다. 그러한 나쁜 기운과 거리를 두는 것도 중요합니다. 저 역시 복권 이야기를 딸에게도 하지 않았죠.

거기까지 읽은 순간 눈동자가 흔들린다. '신'이라는 단어에 몇 번인가 시선이 끌려 황급히 눈을 깜박거렸다.

남편에게 들은 이야기와 '선행'이라는 말을 연결하기에 적잖은 거부감이 들었다. 확실히 나카니시는 인사를 중요시했다고 말할 수 있을 것이고, 남에게 무언가를 지적하는 것도 일상이었을 것이다. 하지만 과연 그것이 여기에서 말하는 '선행'과 일치하는 걸까.

"나카니시 씨가 이 연수 프로그램을 수강한 건 사고 직전이고, 체험담을 게재하고 얼마 되지 않아 사망했다고 해."

남편은 거기서 일단 말을 멈추고 글의 중간 부분을 가리켰다.

"여기, 나카니시 씨는 딸에게 복권 이야기를 하지 않았다고 적혀 있지?"

그 말을 듣고서야 비로소 남편이 이런 팸플릿을 보여 준 이유를 깨달았다.

사고 직전까지 나카니시가 딸에게 복권 이야기를 하지 않았다면 적어도 딸이 당첨금을 노리고 사전에 사다리에 손을 댔다는 의심은 지워진다.

나는 그렇게 수긍하려던 순간 불현듯 무언가가 걸리는 느낌을 받았다.

"……하지만 그러면 순서가 이상하지 않아?"

연수 프로그램에 참가한 것이 사고 직전이고 그 후에 복권에 당첨됐다면, 당첨금으로 개축한 것이 아닌 것이 된다.

그러자 남편은 자신도 어떻게 이해해야 할지 모르겠다는 표정으로 팸플릿을 내려다보았다.

"사실은 그래. 경찰이 조사해 보니 이 연수 덕분에 복권에 당첨됐다는 이야기 자체가 애초에 거짓이었다는 거야."

"거짓?"

"응. 그러니까 진짜 순서는 먼저 복권에 당첨되었고, 개축 공사를 했고, 그 이후에 연수 프로그램에 참가했다는 거지."

나카니시는 이미 거금을 손에 쥐고 있으면서 부자가 되기 위한 철학을 필사적으로 공부하고 있는 다른 수강생들 틈에 굳이 끼어들었다?

팔에 소름이 돋았다.

그 순간 본 적도 없는 남자의 얼굴이 떠오르는 듯했다. 아니, 그것은 얼굴이 아닌, 표정의 이미지였다. 눈을 치켜뜨고 주위를 둘러보면서 새어 나오는 웃음을 꾹 참고 있는 남자. 나카니시는 아마도 기분이 좋았으리라. 나는 너희와 달라. 강사가 말하는 '인격자'라는 사실이 나는 이미 증명되었거든. 그렇게 혼자 웃고 있었던 것은 아닐까.

나는 다시 체험담으로 시선을 향했다. 나카니시의 나이 대에서 사용하기에는 어울리지 않는 '네거티브'라는 단어가 두드러져 보인다. 이 말은 나카니시 자신이 실제로 사용한 표현일까, 아니면 원고를 정리할 때 취재자가 바꾼 표현일까……. 어느 쪽이든 나카니시는 연수 프로그램에서 주장하는 철학이 몹시 마음에 들었던 것이 분명해 보인다.

바로 나카니시의 생활 태도를 긍정해 주는 구실이었기 때문에.

생각해 보면 당시 나카니시는 일흔이 넘은 나이였다. 크게 아픈 곳은 없더라도 자신의 남은 생애를 생각할 기회는 있었을 터이다. 아내를 먼저 보내고 딸과는 의절해서 손자의 얼굴도 보지 못한 채 혼자 죽어 갈 미래.

나카니시는 건축 사무소 직원에게 딸이 손자의 얼굴도 보여 주지 않는다고 불만을 토로했다고 한다. 결국 그만큼 마음에 걸렸다는 뜻이다. 그는 분명 생각하지 않으려고 하면서도 가슴 한편으로는 생각하지 않을 수 없었을 것이다. 자신의 인생이 틀렸던 것일까 하고. 그렇기에 더욱 그렇지 않다고 증명해 줄 논리에 집착했다.

자신은 하늘에 계신 신께 인정받았으니 자신이 옳았다고.

"이 팸플릿을 딸에게 보여 준 사람은 나카니시 씨 본인이었대."

남편은 이를 악무는 듯한 목소리로 말했다.

"완전히 달라진 집을 보고 놀라는 딸에게 나카니시 씨는 복권 이야기를 했다고 해. 그리고 이 체험담을 보여 준 거지."

이걸 굳이 딸에게 읽게 했다는 건가.

나는 진절머리가 나는 한편, 분명 그랬으리라 생각했다. 그가 자신의 정당성을 알리고 싶은 대상은 그 누구보다 딸이었을 테니까.

"딸은 '이것 덕분에 의심이 풀렸으니 고맙다면 고맙죠.' 하고 쓴 웃음을 짓더군. 그런 그녀도 얼마 지나지 않아 사망했지만."

남편은 내 손에서 팸플릿을 뽑아 시트 위에 조심스럽게 놓았다.


남편은 가늘고 길게 숨을 내쉬었다.

그는 그 반동인 듯 힘껏 숨을 들이마신 후 고개를 든다.

"확실히 얘기하는 것만으로도 마음이 가벼워지는군."

조금 전에 내가 마시던 찻잔을 집어 아무렇지 않은 듯 들이켰다. 그리고 목에 걸고 있던 수건으로 입가를 닦은 후 나를 바라본다.

"고마워."

"아니야." 대답하는 내 목소리가 갈라진다. 목소리가 잘 나오지 않는다는 사실을 자각한 순간, 온몸이 축 처지면서 열이 오르는 것을 느꼈다. 몸속을 비트는 듯한 통증이 느껴지고 숨이 막힌다. 수십 분 동안 아무렇지 않게 대화를 했다는 것이 거짓말처럼 느껴질 만큼 갑작스럽고 격렬한 통증이었다. 등을 웅크리자마자 남편의 손이 뻗어 와 등에 닿는다.

"미안해, 피곤하지?"

남편이 죄스러운 듯 등을 쓸어 준다. 어깨뼈 사이부터 허리까지 천천히 왕복하는 손바닥의 온기에 나는 두 눈을 감고 집중했다.

의식적으로 숨을 뱉어 내며 통증 덩어리를 몸에서 밀어내는 장면을 그린다. 하지만 조금이라도 방심한 순간 온몸이 뻣뻣하게 굳어 버릴 듯하다.

아파, 괴로워. 그것만이 의식의 전부가 되어 버리는 게 두려워.

아아, 왜……

보이지 않는 힘이 짜내는 것처럼 몸 깊은 곳에서 감정이 스며 나온다.

왜 병 따위에 걸린 걸까. 대체, 내가 무얼 잘못했을까.

생각해도 어쩔 수 없다는 것을 아는데도, 몇 번이나 그 생각을 지웠는데도 거듭해서 솟아나는 생각에 어찌할 바를 모른다.

'하여튼 따지기 좋아해.'

이것은 누구의 말이었을까.

나는 정말로 따지기 좋아한다. 무엇이든 의미를 부여하지 않으면 안 되는 자신. 인과관계가 밝혀지지 않으면 아무것도 납득하지 못하는 자신.

무슨 잘못을 해서 병에 걸린 것이 아닙니다. 자신도 모르게 그런 생각이 들 수도 있겠지만 절대 그렇지 않습니다. 당신은 단지 운이 나빴을 뿐……. 지금까지 수없이 들었던 말이 생각났고, 그 순간 머릿속에서 무언가가 반짝하는 느낌이 들었다.

무언가가, 걸렸다.

나는 허공을 응시한 채 남편의 이야기를 되감는다. 어딜까. 대체 무엇이 마음에 걸린 걸까.

"……왜 그런 말을 했을까."

마른 입술 사이로 말이 새어 나왔다.

"그런 말?"

등의 온기가 움직임을 멈춘다. 나는 남편을 돌아보면서 입을 열었다.

"'왜 내가'라는 건 무슨 뜻이었을까?"

남편이 눈을 깜박인다.

"무슨 뜻이라니……."

"나카니시 씨가 구급대원 앞에서 '왜 내가'라는 말을 반복했다고 했지?"

"대체 왜 이런 일이 일어났나 하는 의미가 아닐까?"

"그냥 그런 거였다면 '내가'라는 부분이 설명이 안 돼."

그렇다. '왜 내가'라는 말은 어디까지나 '내가'에 방점이 찍힌 것이다.

왜, 다름 아닌 내가.

**역시 신께서는 그 모든 것을 지켜보고 있다고 생각합니다. 그래서 억척스럽게 돈에 매달리지 않아도 저절로 운이 좋아지는 것입니다.**

"나카니시 씨는 자신의 행운에 대해 인과라는 의미를 부여했어. 자신은 운이 좋다. 그 이유는 자신이 지금껏 해 온 일이 옳았기 때문이다. 그런데 왜 다름 아닌 내가……."

나는 말하면서 어떤 가능성을 깨달았다.

사다리에서 떨어진 나카니시는 머리를 세게 부딪혔다. 한동안 의식이 있었다고 해도 자신의 발이 왜 미끄러졌는지 일어나서 사다리를 확인하기는 불가능했을 터이다. 그렇다면 나카니시는 자신에게 무슨 일이 일어났는지 정확하게 이해할 수 없었을 것이다.

사다리의 한쪽 편이 고장 났다는 사실, 그쪽으로 올라가지만 않았다면 떨어지지 않았을 것이라는 사실을.

"딸은 쓰러진 나카니시 씨에게 사다리의 어디가 고장 나 있었는지 설명했던 게 아닐까? 그리고 이렇게 말하는 거야. 아버지는 단지 운이 나빴을 뿐."

아버지 탓이 아니야. 우연히 아버지가 이용한 쪽만 고장 나 있었어. ……옆에서 볼 때는 위로하는 것으로 들렸겠지만 나카니시의 귀에 그 말은 어떤 느낌이었을까. 그리고 그 말을 한 그녀의 마음은 어떤 것이었을까.

하늘은, 신은 당신 편이 아니야.

당신 인생은 전혀 옳지 않았어.

그래서 그는 '왜 내가'라고 반복했던 것이 아닐까. 올바르게 살아온 내가 왜 겨우 두 개의 선택지에서 실패했느냐며.

"……따님이 바닥에 쓰러져 있는 나카니시 씨를 방치하고 사다리의 어디가 고장 나 있었는지를 찾아봤다는 얘기야?"

"아니, 그녀는 분명 그전부터 사다리가 고장 났다는 사실을 알고 있었을 거야."

나는 이불 끝자락을 세게 움켜쥐며 말했다.

그렇다, 그 가능성은 일찍부터 눈치채고 있었다.

"그녀는 툇마루를 통해 사다리를 옮겼다고 경찰에 증언한 것 같은데, 당신에게는 아버지가 문을 잡아 주면서 비틀거리는 자신을 웃으면서 보기만 했다고 했잖아? 가만히 생각해 보면 이상하지 않아? 툇마루는 미닫이문인데 잡고 있을 필요가 없잖아."

남편의 두 눈이 조용히 커진다. 나는 그 눈을 똑바로 응시하면서 말을 이었다.

"그러니까 그녀는 사실 툇마루가 아닌 현관으로 들어간 거야. 그리고 현관으로 들어갔다면 다리를 펼친 채로 옮겼을 리가 없지."

남편이 현관을 통해 사다리를 옮겼을 때 다리를 접은 상태였음에도 벽에 닿을 것 같아 조심했다고 말했기 때문이다.

"고장 난 부분은 다리를 접고 펴는 물림쇠를 움직일 때 반드시 붙잡아야 하는 위치라고 당신이 말했지?"

그녀는 현관으로 들어가기 위해 사다리의 다리를 접었을 테고, 그렇다면 고장 난 사실을 몰랐을 리가 없다. 하지만 그녀는…… 일부러 그 사실을 아버지에게 말하지 않았다.

"왜……."

남편의 시선이 흔들렸다. 나는 시야가 어두워지는 것을 느끼면서도 열심히 입을 움직였다.

"그녀는 아버지를 시험해 보려고 했던 게 아닐까."

그렇게 운이 좋다면 살아나 보세요. 고장 나지 않은 쪽을 선택해 보세요…….

그녀는 분명 아버지가 고장 난 쪽을 이용하도록 유도할 수도 있었다. 하지만 필시 그렇게 하지는 않았을 것이다. 정말로 그냥 시험이었다.

아버지의 논리가 옳은지 아닌지를, 그야말로 하늘에 묻는 듯한 기분으로.

그리고 나카니시는 그 내기에서 진 것이다.

"따님이 시한부였다고 했지?"

불치의 병을 앓고 있던 그녀는 아버지가 자랑스럽게 말하는 '운은 자신의 행동에 달렸다'는, 행운도 불행도 자기 책임이라는 논리를 어떤 심정으로 들었을까.

"도와코."

남편의 당황한 듯한 목소리가 가까이에서 들렸다.

"도와코, 조금 쉬어."

남편의 손바닥은 여전히 내 등에 있는데도 나는 더 이상 그 열기를 느낄 수 없었다. 손끝이 떨리고 호흡이 얕고 빨라진다.

"따님은 눈치챘지만 말하지 않았던 거야."

순간 등에 닿아 있던 남편의 손이 살짝 움찔했다. 나는 눈을 꼭 감는다.

내 생각이 사실인지 아닌지는 모른다. 확인할 방법도 없다.

하지만 나는 단언했다.

"그러니까 당신 탓이 아니었어."

나는 등을 웅크린 채 움직이지 않았다. 아니, 움직일 수 없었다.

몸을 돌려 남편을 보고 싶다. 남편을 껴안고, 그가 항상 해 주듯이 나도 그의 등을 쓰다듬어 주고 싶다. 하지만 내 몸에는 그럴 힘조차 남아 있지 않았다.

그래도 혹시 따지기 좋아하는 내 성격이 이 사람의 짐을 내려 줄 수 있다면…….

"도와코."

남편의 목소리가 잠겼고, 그대로 오열로 변한다.

귓속에서 계속 맴돌던 대패 소리가 멀어져 가는 것을 느꼈다.

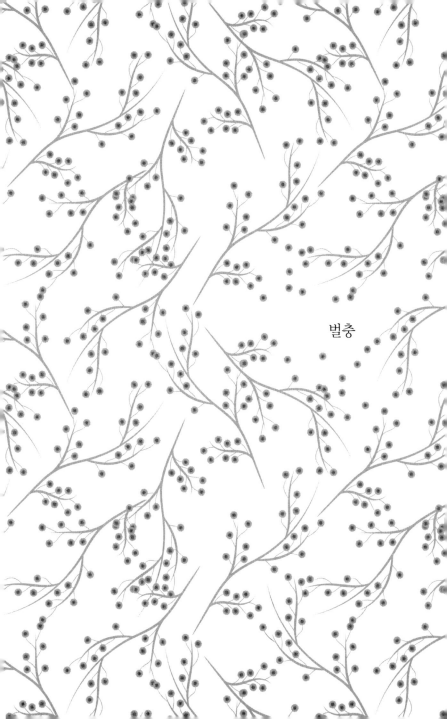

벌충

처음 받은 느낌은 '하늘이 넓어졌다'였다.

어렴풋이 노을이 물들기 시작한 하늘의 푸른색, 싱그럽고 무성한 나무들의 짙은 초록색, 펜스의 녹청색, 풀 사이드의 연두색, 수영장의 연한 파란색. 그 그러데이션을 구분 짓는 물의 반사 위치가 평상시보다 낮다고 깨달은 순간 심장이 크게 뛰었다.

설마…….

순식간에 온몸의 핏기가 사라지는 것을 느낀다.

수영장 물이 빠져나가고 있는 것이다.

엉키는 다리를 간신히 움직여 기계실로 뛰어가면서 그럴 리가 없다고 생각했다. 분명히 잠갔을 터이다. 오전 수영 교실이 끝난 후청소를 위해 일단 여과기를 작동시키고 배수 밸브를 잠갔다. 머릿속에는 밸브를 시계 반대 방향으로 돌리는 자신의 손이 떠오른다.

"앗!"

목 안쪽에서 작은 비명이 새어 나왔다.

아니야.

그 모습은 오늘 낮의 일이 아니다. 맞아, 오늘은…… 기계실에서 작업하던 도중 핸드폰이 울렸다.

오늘 밤에는 고등학교 때의 연식 테니스부 회원들과 술 약속이 있었고, 그중 한 친구에게 온 전화였다. 작업 도중이었지만 원래는 점심시간이기도 해서 전화를 받았다.

식당 예약에 문제가 생겨서 다른 곳으로 옮긴다는 문자를 보냈지만 '읽음'이라는 표시가 뜨지 않아서 혹시 몰라 전화했다고 한다. 문자를 확인하지 못해 미안하다고 하자 예약이 안 된 것은 식당 측 잘못인데도 점원의 태도가 불친절했다는 푸념이 시작되었고, 거기에 호응해 주다 보니 어느새 직원회의 시간이었다. 서둘러 대화를 정리하고 교무실로 돌아가 당직으로서 회의를 진행하고…….

기계실 바닥에 땀방울이 뚝 떨어졌다.

'사고 쳤다!'

히데노리는 어금니를 꽉 깨물고 바로 배수 밸브를 잠그는 데 매달렸다. 묵직한 마개를 이번에야말로 돌리고 풀 사이드로 나와 천천히 급수구를 연다. 잠시 후 물 흐르는 소리가 콸콸 울려 퍼졌다.

지금부터 물을 채우면 내일 오전의 수영 교실에 맞출 수 있을까.

올해 6월, 수영장에 처음 물을 채웠을 때는 하루 반이 걸렸다. 하지만 그때는 완전히 빈 상태였고, 더구나 오후 늦게 시작한 탓에 하교 전에 급수를 한 번 멈췄었다.

이 상태로 계속 급수하면 시간이 어느 정도 걸릴까.

어디 설명서 같은 게 없을까 하고 다시 기계실로 돌아가 실내를 살펴본다. 하지만 벽에 붙은 매뉴얼에는 조작 방법만 적혀 있을 뿐 물을 채우는 데 걸리는 시간에 대한 언급은 없었다.

히데노리는 운동복 주머니에서 스마트폰을 꺼낸다. 수영장, 물,

시간으로 검색하자 1초도 되지 않아 검색 결과가 길게 표시되었다.

그 가운데 네 번째 항목에 시선이 이끌린다.

초등학교 수영장 물을 유실한 교직원들 249만 엔 변상

우와 하는 소리가 절로 났다.

해당 사이트를 열자 제목 아래에 자치단체와 학교명, 수영장의 급수구 마개를 잠그지 않아 물을 대량으로 유실하는 실수를 범했다라는 기사가 이어졌다.

그리고 몇 문장 뒤에 지방 수도국의 고액 청구로 유실 사실 밝혀져. 수도 요금 약 249만 엔을 교장, 교감, 실수를 범한 23세의 여성 교사까지 3명이 변상. 시 교육위원회는 이들 세 명에게 엄중한 주의를 주었다라는 문장이 눈에 들어왔다.

히데노리는 초조하게 입술을 핥았다. 그러고 보니 몇 년 전에 시내의 다른 초등학교에서도 실수로 수영장 물을 흘려 버린 사건이 있었다. 피해액이 그렇게까지 크지는 않아서 전국적인 뉴스는 되지 않았지만 교육위원회에서 시내의 모든 초등학교와 중학교에 통보를 내렸고, 교감이 직원 조회에서 그 내용을 읽어 주며 주의를 당부했었다.

그때는 어느 정도의 양에 어느 정도의 액수였을까. 교사의 실명까지는 확실히 밝히지 않았지만 학교명과 나이 정도는 나와 있었던 듯하다.

떨리는 손가락으로 화면을 스크롤한다. 문장을 읽으려고 하는데 어째서인지 자꾸 숫자만 두드러져 보인다.

침착해.

히데노리는 의식적으로 숨을 뱉어 내면서 자신을 타일렀다. 적어도 자신의 경우는 그 정도의 액수는 아니다. 이 뉴스의 교직원은 며칠이나 배수 밸브를 열어 둔 채 급수를 했지만, 지금은 그저 수영장 물의 절반이 빠져나갔을 뿐이다.

그렇다면 수영장 절반의 물은 어느 정도의 양일까. 길이, 폭, 깊이를 곱해서 2로 나누면……. 평상시라면 바로 답이 나왔을 텐데 지금은 계산이 되지 않는다는 사실을 깨닫는다. 계산기 애플리케이션을 열어 숫자를 입력한 후 화면에 나타난 결과에 손을 멈췄다.

195. 약 $200m^3$

다음으로 $1m^3$당 수도 요금을 조사하기 위해 수도국 홈페이지의 요금표를 살펴보았지만 아쉽게도 계산 방법을 찾을 수가 없었다. 가정용 수도를 일반적으로 사용을 했을 때의 사례뿐이라서 금액의 단위부터 달랐다.

잠시 헤매다가 검색창에 '수영장'을 추가하자 나타난 것은 아이러니하게도 **249만 엔 변상! 수영장 물의 가격은?**이라는, 방금 읽은 사고에 대한 검증 사이트였다.

화면에 얼굴을 가까이 대고 빠르게 시선을 달려 **25미터 수영장의 수량 약 $400m^3$를 학교 등의 공공시설에서의 상하수도 요금으로 계산하자 약 26만 엔**이라는 행에 눈길을 멈춘다.

대략 이것의 절반이라고 보면 약 13만 엔.

갈증이 나는 목에 침을 밀어 넣으며 다시 한번 자신에게 침착하라고 타일렀다. 그래, 이 정도 금액으로 해결된다면 불행 중 다행이야. 얼른 교감에게 보고하고……. 거기까지 생각하다가 2년 전에 퇴직한 교사의 얼굴이 떠올랐다.

동료는 아니었지만 학교가 같은 시내에 있어서 연수회에서도 몇 번인가 만난 적이 있었고, 여럿이 어울려 술을 마신 적도 있는 여교사였다.

당시 교사가 된 지 2년째였던 그녀는 자기 반 아이들에게 연하장을 쓰기 위해 개인 정보가 담긴 USB 메모리를 집으로 가져갔다가 분실했고, 그로 인해 계고戒告 처분을 받았다. 관리부서의 문책이 이어졌고, 교육위원회에도 여러 차례 불려 다니다가 심신이 망가졌다. 초췌할 대로 초췌해진 그녀의 모습이 떠오르자 몸속에서 한기가 올라왔다.

모른 체하고 물을 채워 놓으면…….

화면이 꺼진 스마트폰을 응시하며 생각에 잠긴다.

수도 요금 청구서 때문에 실수가 드러났다는 것은 물이 언제 유실됐는지까지는 알 수 없다는 뜻이다. 그 말은 즉, 검침 시에 이상을 발견한다고 해도 누가 당직을 섰던 날인지는 밝힐 수 없다는 뜻이 아닐까.

심장이 아플 정도로 거세게 요동친다. 기계실을 나와 아까보다 아주 조금 물이 불어난 수영장을 내려다보았다.

'그래, 이번에는 금액도 얼마 안 돼. 이대로 시치미를 떼면.'

그런 생각을 하면서 고개를 든 순간, 수영장 건너편에 있는 정문 옆 방범 카메라가 눈에 띄었다.

부풀었던 기대감이 순식간에 쪼그라든다.

'안 돼.'

저 각도에서는 수영장 안까지 찍히지는 않겠지만 풀 사이드와 기계실을 오가는 수상한 자신의 모습이 찍혀 있을 터이다.

수도 요금이 이상하다 싶으면 먼저 의심하는 곳이 수영장이다. 자신이 실수했다고 자백하는 사람이 없으면 방범 카메라를 확인하려고 들 것이다. 확인 결과 자신의 실수가 밝혀지면 이미 단순 실수로 처리할 수 없게 된다. 시에 손해를 입힌 데다가 의도적으로 실수를 은폐하려고 한 것에 대한 엄중한 처벌이 내려질 것이다.

어차피 밝혀질 것이라면 먼저 자백하는 편이 낫다.

히데노리는 무거운 발걸음으로 수영장을 뒤로했다. 그리고 고개를 숙인 채 교무실 현관으로 향했다. 실내화로 갈아신고 교무실 계단을 올라간다.

문 앞에 멈춰 서서 손에 들고 있던 수영장 일지를 살펴보았다. 당직이 아침, 점심, 퇴근 전, 하루 세 번 표시하게 되어 있는 일지에는 '투명도', '이물질' 등과 함께 '배수 밸브'라는 체크 항목이 있다.

점심 칸에 전부 동그라미가 그려져 있다.

'맞다!'

직원회의 후 수영장 일지를 제출하려다가 체크 항목에 표시를 하지 않은 것을 깨닫고 별생각 없이 한꺼번에 동그라미를 그려서 제출했던 것이다.

일어나기 쉬운 실수라서 이렇게 체크 항목이 있는데도…….

교무실 문을 열자 차가운 공기가 순식간에 온몸을 식혀 주었다. 긴장감으로 입이 굳어 있다. 그럼에도 교감 앞에 서자 반사적으로 "실례하겠습니다." 하는 말이 나왔다. "저기……,"

"수고했어."

체크 항목을 가리키며 보고하려던 히데노리의 손에서 교감은 재빨리 일지를 뺏어 들고 내용도 보지 않은 채 도장을 찍었다.

교감이 내민 일지를 다시 받아 들고 자신도 모르게 "감사합니다." 하고 평상시처럼 인사해 버린다.

"교감 선생님."

등 뒤에서 누군가의 목소리가 들렸고, 교감이 그쪽으로 고개를 돌렸다.

"죄송합니다. 이 문제 말인데요."

히데노리는 뒤에서 비스듬히 끼어든 사람에게 양보하듯 한 걸음 물러선다.

'안 돼, 보고하려면 지금뿐이야. 이 순간을 놓치면 말하기 더욱 힘들어져.'

히데노리가 나가지 않자 교감에게 말을 건 교사가 의아한 듯 돌아보았다. 히데노리는 눈이 마주치기 직전에 순간적으로 몸을 돌린다. 아차! 했을 때는 이미 늦었다.

히데노리는 어느새 자신의 자리로 돌아와 손에 쥔 일지를 내려다보고 있었다.

자신의 실수가 밝혀지면 수영장 일지도 문제가 될 것이다. 퇴근 전의 확인란에 아무런 표시도 없이 교감의 도장만 찍혀 있는 일지. 분명 교감에게도 책임을 묻게 될 것이다.

관리 체제가 이 모양이니 실수가 일어난다. 실수 방지를 위한 매뉴얼을 백날 만들어 봐야 사용하는 사람이 날림으로 해 버리는데 무슨 의미가 있겠는가……. 누가 말한 것도 아닌데 계속해서 그런 말들이 떠올라 히데노리는 책상 위에 굴러다니던 볼펜을 집었다. 체크 항목에 계속해서 동그라미를 그리다가 배수 밸브라는 글자가 보이자 저절로 손이 멈춘다.

히데노리는 견디지 못하고 자리에서 일어섰다.

교무실을 나와 잠시 갈등하다가 화장실로 들어간다. 문이 있는 개인 칸으로 들어가 변기에 앉고는 배를 감싸 안은 자세로 몸을 웅크렸다. 끝을 삼각형으로 접은 화장실 휴지의 비어져 나온 부분을 응시한다.

지금 당장 교무실로 돌아가야 한다. 얼른 교감에게 보고하지 않으면…….

화장실 문이 쾅 하고 열리는 소리에 어깨를 흠칫 떨었다.

"으악, 여긴 완전 찜통이네."

투덜거리는 목소리로 보아 고키타인 듯했다. 자신과 동갑내기인 남자 교사다.

고키타는 "으으, 배 아파." 하고 중얼거리면서 히데노리의 옆 칸으로 들어간다. 곧바로 이어지는 배변 소리에 히데노리는 거북함을 느낀다. 이 칸이 닫혀 있다는 것을 깨닫지 못한 걸까. 아니, 한눈에 보이는데 모를 리가 없다. 단지 신경 쓰지 않을 뿐이다.

히데노리는 고키타가 나오기 전에 재빨리 화장실을 나와 자신의 교실인 5학년 2반으로 향했다.

열린 창문으로 매미 소리가 울리고 있었고, 노을빛이 질서정연하게 늘어선 책상과 의자를 비추고 있다.

왠지 그 빛 속에 서고 싶은 마음이 들지 않아 등을 돌렸다. 복도로 나와 수돗가에서 손과 얼굴을 씻고 주머니에서 손수건을 꺼내 문지르듯 닦았다. 마음이 조금 편안해졌고, 자신이 전액을 배상하고 싶다고 말해야겠다는 생각을 한다. 역시 정직하게 말하는 수밖에 없다고 생각하면서 고개를 든 순간이었다.

한 장의 포스터가 눈에 들어왔다.

**틀어 놓으면 안 돼! 꼭 잠그자**

포스터에는 입을 앙다문 남자아이가 손으로 가위표를 그리고 있다. 포스터를 본 히데노리는 눈을 크게 뜨고 마른침을 삼켰다.

만약 다른 곳에 물이 틀어져 있었다고 생각하게 만들면?

수영장을 의심하는 눈길만 돌리게 만들면 되는 것이다. 수도 요금이 갑자기 치솟을 만한 다른 원인이 먼저 발견되면 진짜 출처는 들키지 않을 수 있다.

히데노리는 허공을 응시한 채 주먹으로 입가를 누른다.

만약 누수라면 아무도 책임질 필요가 없지 않을까. 수도관 일부에 흠집을 내서 적은 양의 물이 새도록 만들어 두는 것이다. 아무도 눈치채지 못한 채 오랫동안 물이 새고 있었던 것처럼……. 아니, 불가능하다. 수도 계량기는 두 달에 한 번 검침받는데 이전 검침이 언제였는지도 모른다. 그리고 물이 너무 조금씩 새면 13만 엔어치의 물이 유실된 원인으로 보지 않을 가능성도 있다.

게다가 오랫동안 누수가 있었다면 수도관 주위에 부식이나 변색 등의 흔적이 남아 있을 터이다. 수도국 직원이 본다면 조작임을 눈치채지 못할 리가 없다.

히데노리는 눈가를 세게 문질렀다. 그 외에는 또 어떤 방법이 있을까. 범인 추적에 나서는 상황까지 가기 전에 이 사건을 끝내는 방법……. 두 손으로 얼굴을 감싼 채 눈을 뜬다.

사실, 한 가지 떠오른 생각이 있었다.

그 생각을 구체적인 형태로까지 진행하지 못한 것은 교육자로서 주저할 수밖에 없는 선택지이기 때문이다.

'하지만.' 히데노리는 입술 끝을 일그러뜨렸다. 애초에 실수를 감추려고 하는 자체가 교육자가 해서는 안 되는 행위이다. 이제 와서 수단을 가려 봐야 무엇하겠는가.

히데노리는 자조하면서 자신이 조금씩 그 선택지로 이끌려 가고 있음을 느낀다. 더 이상 다른 방법이 없지 않은가. 이 방법이 가장 단순하고 무난한 방법이다.

히데노리는 천천히 두 팔을 내렸다.

그래, 아이들 장난으로 꾸미는 거야.

예컨대 여름방학의 수영 교실에 온 아이 중 하나가 장난으로 수도꼭지를 틀어 놓은 채 귀가했다. 아무도 눈치채지 못한 채 시간이 흘렀고, 그 아이가 누구인지, 언제 그랬는지는 이제 알 수도 없다.

히데노리는 주머니에 손을 넣었다.

아이가 한 짓이라면 굳이 범인을 찾으려고 하지 않을 것이다. 특정 아이를 탓할 리도 없으니 상처받는 아이도 생기지 않는다. 자신이나 관리자에게 변상을 요구할 리도 없고, 교육위원회의 문책을 받을 일도 없다. 교육위원회도 직원 관리의 부실함을 탓하는 외부의 비난을 받을 필요가 없어진다.

결국, 아무도 불행해지지 않는다.

혹시 자주 있었던 일이 아닐까.

문득 든 생각에 사고의 방향이 바뀌었다.

이런 실수는 지금까지 여러 차례 있었을 것이다. 하지만 그 실수가 전부 제대로 보고되었을 리가 없다.

뉴스에 나올 정도의 큰 금액이라면 감추기 힘들겠지만 이번에는 겨우 수영장 물의 절반이 사라졌을 뿐이다.

학교의 수도 요금이 시민의 세금이라서 문제가 되는 것으로, 애초에 일반 기업이라면 상사에게 꾸지람을 듣는 정도의 단순한 실수인 것이다.

그런데도 단지 학교 수영장이라는 이유만으로 유실분을 변상하고, 수모를 당하고, 인사 평가에까지 크게 영향을 받는다. 그런 상황이다 보니 어떻게든 감추려는 사람이 분명 적지 않았을 것이다.

히데노리는 스마트폰을 꺼냈다. 새카만 화면에 멍한 표정의 남자가 비치자 거의 반사적으로 전원 버튼을 눌렀다.


문제는 수영장 절반의 물을 일반적인 수도꼭지로 흘려보내려면 어느 정도의 시간이 걸리는가였다.

히데노리는 비누 거치대 옆에 놓인 오래된 우유병을 집었다. 학생이 등굣길에 꺾어 온 꽃을 꽂았던 우유병인데, 꽃이 시든 후에도 그대로 방치되어 있었다.

수도꼭지를 완전히 틀어 놓은 후 스마트폰의 스톱워치를 열어 시작과 동시에 우유병을 수도꼭지 밑에 놓았다. 겨우 둘까지 세었을 때 우유병은 이미 가득 차 버렸고, 서둘러 수도꼭지를 잠근다.

대략 200㎖가 들어가니까……. 계산을 시작했다가 이내 작게 고개를 흔들었다. 이렇게 대략적인 수치로 계산하면 확대했을 때 오차가 너무 커진다.

무슨 바보 같은 짓을 하고 있나.

젖은 손을 운동복 허벅지에 세게 문지른다. 스마트폰으로 검색하자 이내 '수도꼭지를 끝까지 틀면 1분에 약 20L'라는 답이 보인다.

하지만 다시 계산기 앱을 열었을 때는 수영장 절반의 물이 어느 정도의 양이었는지 기억나지 않았다.

히데노리는 교실로 돌아가 책상 서랍에서 수첩과 볼펜을 꺼낸다. '1분, 20L'라고 적은 후 다시 검색한다. 아까와 검색 키워드가 다른지, 이전의 유실 사고 검증 사이트가 좀처럼 나오지 않는다.

히데노리는 머리를 쥐어뜯다가 퍼뜩 정신을 차리고 벽시계를 올려다보았다.

17시 13분. 이제 다시 교무실로 가야 할 시간이다.

스마트폰과 수첩과 볼펜을 주머니에 밀어 넣고 계단을 뛰어 내려간다. 계단참을 막 돌았을 때 관리 주임인 쓰루노가 올라오는 모습이 보였다. 인사를 하면서 지나치는 순간 "지바 선생님." 하고 부르는 소리에 어깨가 움찔한다. 목소리가 떨리는 것을 필사적으로 참고 "네." 하고 돌아보았다.

"그러시면 안 되죠, 선생님이 복도에서 뛰다니."

당황하는 히데노리를 보며 쓰루노가 재빨리 "농담입니다. 수첩 떨어뜨리셨어요." 하고 웃는다. "죄송합니다. 주워 드리고 싶지만 손이 없어서."

쓰루노가 양팔로 껴안고 있는 대량의 화장실 휴지를 보란 듯 들어 올린다.

"아니요, 고맙습니다."

대답하는 히데노리의 목소리가 갈라진다.

무슨 바보 같은 짓을 하고 있나.

'침착해, 침착해.' 하고 자신을 다독여야 할 만큼 심장박동이 빨라져 어찌할 바를 모른다.

복도에 떨어진 수첩을 황급히 주워 들었다. 말려 올라간 종이를 되돌리자 흐트러진 글씨로 '1분, 20L'라고 적혀 있다.

'그래, 사백 세제곱미터의 절반이니까 이백 세제곱미터.'

불현듯 아까는 생각하지 못했던 수식이 떠올랐다. 200㎥는 20만 L, 1분에 20L면 1만 분, 1만 나누기 60, 나누기 24는 6.9…… 약 7일.

정신을 차리고 보니 수첩 끝에 계산한 흔적이 메워져 있어, 그 낯익은 광경에 아주 조금이나마 사고가 침착해진다.

결국 수도꼭지 하나로 200㎥의 물을 유실시키려면 일주일이 걸린다는 계산이다.

아무리 여름방학이라도 일주일 동안 물이 틀어져 있었는데 아무도 알아차리지 못했다는 것은 지나치게 부자연스럽다. 그렇다면 여러 개의 수도꼭지가 틀어져 있었다는 스토리로 가는 것이 현실적일 것이다. 일곱 개의 수도꼭지가 틀어져 있었다고 치면 꼬박 하루면 해결된다.

히데노리의 시선이 허공을 헤맨다.

'수도꼭지가 여러 개일수록 그만큼 들킬 확률도 높아지겠지만, 정말로 계속 틀어 놓을 필요는 없지.'

틀었다가 바로 잠그면서 우연히 물소리를 듣고 온 척하면 된다. 언제부터 틀어져 있었는지 모른다고 하면, 사람들은 수도 요금이 나왔을 때 거기에 맞춰 역산할 것이다.

그렇게 알아서 계산하게 놔두면 된다.

히데노리는 교무실 뒷문을 조심스럽게 열고 한 발을 들여놓았다. 그 순간 차가운 에어컨 바람이 온몸을 감쌌고, 숨을 크게 들이마시자 호흡이 겨우 조금 정상으로 돌아오는 듯했다.

뒤늦게 두통과 구토감이 느껴져 당황한다. 이전에도 경험한 적 있는 열사병 초기 증상이다.

히데노리는 황급히 냉장고를 열고 컵에 보리차를 따랐다. 단숨에 컵을 비운 후 선반을 뒤져 소금이 든 작은 양념통을 찾아내 그것을 손바닥에 뿌린 후 핥았다. 입안에 침이 고이는 것을 느끼면서 눈자위를 세게 비볐다.

잠시 눕고 싶었다. 하지만 열사병일지도 모른다는 말을 했다가는 거의 강제적으로 택시에 태워질 것이다. 아직 수영장 물을 다 채우지 못했는데…….

"어? 지바 선생님, 아직 있었어?"

바로 옆에서 소리가 들려 퍼뜩 돌아보니 미술 담당인 이토 선생이었다.

정이 많고 남을 잘 챙겨 주는 베테랑 교사로, 출산휴가 중인 동료의 업무 보조를 자처해 여름방학 중에도 거의 매일 출근하고 있다.

"그러면 안 돼. 수업이 없는 날 정도는 일찍 퇴근해야지."

"저……, 교감 선생님은요?"

"교감? 이미 퇴근했는데?"

그 말에 마음속에서 무언가가 꿈틀댄다. 후회인지 안도감인지는 자신도 알 수 없었다.

"무슨 볼일이라도 있었어?"

"아니……."

"오랫동안 교사 생활을 유지하는 비결은 말이지, 일이 끝났건 안 끝났건 시간이 되면 무조건 퇴근해 버리는 거야."

다른 교사가 장난치듯 덧붙인다. "이토 선생님은 정말 칼퇴근 잘 해요."

그 교사까지 "지바 선생님도 가끔은 일찍 퇴근하세요." 하고 재촉하자 히데노리는 얼떨결에 "이제 슬슬 가야죠." 하고 말해 버린다. 분위기상 일단 탈의실로 향하고서야 오늘은 원래 일찍 퇴근할 예정이었다는 것이 생각났다.

모임 날짜를 잡으면서 친구가 '초등학교 교사는 아이들 여름방학 때 뭐해? 혹시 한 달을 전부 쉬는 건가?' 하고 물었고, 교무실에서도 그 이야기를 했었다.

교사들 모두 이구동성으로 자신도 그런 말을 들었다며 쓴웃음을 짓고는, 얼마나 현실과 동떨어진 오해인지에 대해 서로 열변을 토했다.

초등학교 교사는 수업이 없으면 논다고 생각하기 쉬운데, 실제로는 수업이 없을 때야말로 해야 할 일들이 무수히 많다.

각종 연수를 받아야 하는 것도 이 시기이고, 학예회 준비나 교재 연구, 비품 점검도 방학 때 해 두어야 한다. 돌아가면서 수영 교실 지도도 해야 하며, 오늘의 자신처럼 당직이 되면 전화 응대나 방문자 대응, 닭 돌보기, 수영장 수질 관리 등의 일이 더해진다. 여름휴

가로 주어지는 것은 닷새뿐이지만 그조차 쓰지 못하는 사람도 많은 것이다.

그래도 역시 수업이 있는 날보다는 일찍 퇴근할 수 있는 것도 사실로, 숙취에 시달려도 괜찮도록 내일 휴가를 내면서까지 고대하던 모임이었다.

하지만 이런 상태로는 도저히 모임에 참석할 기분 따윈 들지 않는다.

히데노리는 묵직한 통증이 느껴지는 관자놀이를 손가락으로 눌렀다.

'지금 모임 따위에 갈 처지가 아니지.'

복도에서 아무 소리도 들리지 않음을 확인한 후 탈의실을 나와 교무실 현관으로 향한다. 조급한 마음에 신발도 갈아 신지 못하고 실내화를 신은 채 수영장으로 달려간다. 자물쇠를 열려고 수영장 입구 앞에 멈춰 섰다가 움찔하고 몸을 긴장시켰다.

'물소리가 너무 크잖아.'

아까는 왜 깨닫지 못했는지 이해가 되지 않을 만큼 소리가 컸다. 이렇게 소리가 크게 나면 다른 사람이 이상하게 생각하지 않을 리 없었다.

히데노리는 수영장 안으로 뛰어 들어가 급수구를 잠갔다. 소리가 사라지면서 찾아온 정적이, 방금까지의 소리가 얼마나 컸는지 알게 해 준다.

그래도 밸브를 최대한 열어 둔 덕에 언뜻 보면 이상하다고 느끼지 않을 만큼은 물이 채워져 있었다. 하지만 더 이상 이런 상태로 물을 틀어 놓을 수는 없다.

밤이 되면 작은 소리도 크게 울린다.

히데노리는 주위를 둘러보면서 다시 조심스럽게 급수구 밸브를 돌리기 시작했다. 30도 정도 돌리자 물이 수면을 때리는 소리가 요란하게 울려 퍼져 황급히 다시 잠근다.

'안 되겠어.'

역시 이대로 물을 계속 틀어 놓는 것은 너무 위험하다.

무엇보다 급수구를 틀어 놓고 가면 한밤중에 잠그러 와야 한다. 한밤중에는 학교에 경비 시스템이 작동한다. 수영장 펜스를 타 넘어 몰래 들어올 수는 있지만 근처 주민에게 목격될 가능성이 있다.

히데노리는 밸브에서 손을 떼고 다시 주변을 살피면서 밖으로 나갔다. 정말로 이대로 귀가해도 괜찮을지 자문한다. 수도 요금이 언제 나올지 알 수 없는 이상 최대한 빨리 계획을 시행해야 한다.

하지만 조금 전에 이토와 다른 선생에게 슬슬 퇴근하겠다고 말했다. 지금부터 교내 순찰을 하다 수도꼭지가 틀어져 있는 것을 발견하는 것은 부자연스럽다.

어쩔 수 없이 학교를 나왔고, 몸이 좋지 않아 모임에 참석할 수 없다고 친구에게 연락한 후 집에 도착한 것이 19시 30분.

몸 상태를 걱정하는 문자가 바로 왔지만 대꾸할 말이 생각나지 않아서 스마트폰을 바닥에 내려놓았다.

양손으로 머리를 쥐어뜯고는 손가락에 엉킨 머리카락을 내려다본다.

여하튼 지금은 어떻게 하면 좋을지 생각해야 한다.

생각하라고 자신을 다그치며 지금의 학교에 처음 부임했을 때 사용했던 노트를 창고에서 꺼냈다. 노트에는 학교 구조를 외우려고 그려 둔 건물 도면이 있다.

가장 중요한 것은 수도꼭지의 위치 선정이다.

아이들의 장난이 가장 심할 것 같은 곳이라면 교실 앞 세면대나 화장실이지만 그런 곳에서 물을 크게 틀면 복도에 물소리가 울린다. 자신의 교실에 출입하는 교사 중 누군가가 발견하지 못한다면 그것이 오히려 이상하다.

그러면 이과실이나 가정과실 같은 실습실은 어떨까. 여름방학 기간이니 며칠 동안 사람들의 출입이 없었다고 해도 이상할 것 없지 않을까……. 아니다, 실습실은 자물쇠가 걸려 있어서 아이들이 함부로 들어갈 수 없다.

아이들이 접근하기 쉬운 장소라면 역시 건물 밖에 있는 수돗가겠지. 운동장 화장실, 음수대, 사육장 옆의 수도, 체육관 뒤쪽의 세면대, 체육관 내의 화장실……. 아니, 체육관에 들어갈 때도 열쇠가 필요하다.

히데노리는 수도꼭지가 있는 장소마다 동그라미를 치고, 다시 위에서부터 하나하나 가위표를 더해 간다.

음수대는 승강기 앞에 있어서 사람들 눈에 쉽게 뜨인다. 체육관 뒤쪽의 세면대도 직원들이 출근할 때 보이는 위치라서 피해야 한다. 사육장 옆의 수도꼭지도 당직이 사육장 청소를 할 때 매일 사용하는 곳이라 불가능하다.

연거푸 가위표를 더해 가던 히데노리는 깜짝 놀라 침을 삼켰다.

남은 수도꼭지가 운동장 화장실밖에 없다니.

히데노리는 다시 한번 겨냥도에 매달려 처음부터 차례차례 손가락으로 짚어 가기 시작했다. 수도가 있으면서 사람들 눈에 띄지 않는 곳이 또 없을까. 회의실에는 수도가 없고, 방송실도 안 되고, 급식실에는 들어갈 수 없다.

"아!"

자신도 모르게 탄성이 새어 나온다.

히데노리의 시선 끝에는 '다목적 화장실'이라는 글자가 있었다.

그렇다. 학교 행사가 있을 때 외부인용으로 개방하는 다목적 화장실은 평상시에는 거의 사용하지 않는다. 여름방학 중이라면 더더욱 그렇다.

마음이 서서히 따뜻해지는 것이 느껴졌다.

어쩌면 가능할지도.


학교에 가장 먼저 출근하기 위해서라도 일찍 자려고 했지만 감정이 고조된 탓에 전혀 잠을 잘 수 없었다. 결국 뜬눈으로 밤을 지새우고 그대로 집을 나섰다.

어쨌든 누워 있긴 했지만 온몸이 찌뿌드드하고 머리에 마른 솜을

쑤셔 박은 것처럼 몽롱해서 사고 회로가 작동하지 않는다.

버스를 타고 학교 근처 정거장에서 내리자 아직 6시 전이라고는 생각할 수 없을 정도로 햇살이 강렬해서 현기증이 일었다.

내리막길인데도 한 걸음 한 걸음이 무겁기만 하다. 조금이라도 긴장을 풀면 무릎이 꺾여 구를 것 같은 기분이 들었다.

왜 이렇게 되어 버린 걸까.

아직 영업 시작 전인 여성복점 유리창에 등이 심하게 굽은 남자가 어렴풋이 비쳤고, 불현듯 자신이 자신이 아닌 듯한 착각에 휩싸인다.

아무리 생각해도 애초에 바로 보고했어야 했다. 깔끔하게 사죄하고, 받아야 할 벌을 받고, 앞으로 같은 실수를 하지 않도록 조심하면 될 일이었다.

하지만 보고도 없이 수영장에 물을 새로 채워 넣었고, 더욱이 하루를 넘겨 버린 이상 이제 돌이킬 수 없다.

학교에 도착해 교무실 현관으로 가자 경비 시스템이 해제되어 있었다.

고간이 찌릿 움츠러든다.

설마 이렇게 이른 시간에 누가 온 건가?

만약 이미 누군가가 출근해 있다면 들키지 않고 수영장 물을 채우기는 상당히 어려워진다.

역시 어제 마지막까지 남아서 할 수 있는 최대한의 작업을 해 놓았어야 했다.

무거운 다리로 힘겹게 계단을 올라 교무실 앞에 도착했지만 문을 향해 뻗은 손이 좀처럼 움직이지 않는다. 하지만 계속 서 있을 수는 없다. 거의 단죄를 받는 기분으로 문을 열었다.

교무실 안에는 아무도 없었다.

불도 켜져 있지 않았으며 평상시에 가장 먼저 출근했을 때 보는 광경과 다르지 않다.

당연히 그렇겠지.

학기 중이라면 또 몰라도 여름방학 중에 출근 시간보다 두 시간이나 일찍 오는 사람이 있을 리가 없다.

아마도 어제 마지막으로 퇴근한 사람이 깜박하고 경비 시스템을 작동시키지 않았던 모양이다.

히데노리는 참고 있던 숨을 내뱉었다.

만약 그렇다면 유리한 상황이다. 출근했더니 경비 시스템이 해제되어 있길래 혹시나 해서 교내를 순찰하다가 수도꼭지가 틀어져 있는 것을 발견했다……. 꽤 자연스러운 이야기가 아닌가.

히데노리는 아직 진정되지 않은 심장을 누르면서 열쇠를 꺼내 수영장으로 향했다.

급수구의 밸브를 천천히 비틀어 물이 나오기 시작한 것을 확인한 후 자리를 떠난다. 이제 앞으로 한 시간 정도면 수면은 원래의 높이까지 올라갈 것이다.

히데노리는 입술을 굳게 다물고 잰걸음으로 교무실로 돌아갔다. 교감 자리로 뛰어가 책상 위에 놓여 있는 출근 예정표 뭉치를 집어

든다. 얼굴을 가까이 대고 서둘러 관리 주임인 쓰루노의 이름을 찾는다.

이번 계획에서 가장 큰 걸림돌은 교내 청소와 정비를 담당하는 쓰루노의 존재다. 어설프게 장소를 골랐다가는 쓰루노가 바로 전에 이상 없음을 확인했다고 증언할 가능성이 있다. 가능하면 쓰루노가 휴가일 때 결행하는 것이 바람직하다.

하지만 출근 예정표에서 확인한 것은 어제가 쓰루노의 일주일 만의 출근이었고, 다다음 주까지 휴가 예정이 없다는 사실이었다. 다다음 주의 휴가도 하루뿐이다.

'조금이라도 안전하게 가려면 다다음 주까지 기다려야 할까.'

하지만 그 전에 수도 검침을 나오면 끝장이다. 게다가 이런 상태로 다다음 주까지 기다렸다가는 자신이 견디지 못한다.

그러면 그냥 오늘 결행해 버릴까 하는 생각까지 했을 때, 보건교사의 이름이 눈에 띄었다. 휴가, 휴가, 휴가. 일정표에 적힌 그저께, 어제, 오늘의 '휴가'라는 글자에 숨을 삼킨다.

'맞아, 양호실 옆 화장실도 여름방학에는 거의 사용하지 않는 곳이야.'

게다가 보건교사가 휴가였으니 수도가 계속 틀어져 있었다고 해도 부자연스럽지는 않을 것이다.

운동장 화장실, 다목적 화장실 그리고 양호실 옆 화장실. 이렇게 세 곳을 이용하면 이틀하고 한나절이면 된다. 가령 오늘 아침에 누군가가 출근한다면 '방금 발견해서 잠갔다.'라고 말하는 것이다. 그러면서 '아이들이 장난쳤나 보네.' 하고 덧붙이면 상대방은 그런 선입견을 갖고 생각하게 되지 않을까.

히데노리는 힘차게 발걸음을 돌려 일단 양호실 옆 화장실로 향했다. 문을 연 순간 쾌재를 부르고 싶어진다.

'세면대가 두 개야!'

시험 삼아서 두 개의 수도꼭지를 끝까지 돌렸더니 예상대로 소리가 크게 울렸다. 하지만 화장실을 나와 귀를 기울이면서 뒷걸음질하자 10미터도 가기 전에 소리가 들리지 않았다.

히데노리는 화장실로 돌아와서 물을 잠그고 입꼬리를 살짝 올린다. '이거 가능할 수도 있겠는데.'

몸을 돌려 같은 층 반대쪽에 있는 다목적 화장실로 가서, 마찬가지로 수도꼭지를 돌려 보니 복도의 세면대와는 소재가 다른지 생각보다 소리가 크지 않았다. 그대로 재빨리 밖으로 나가서 귀를 기울여 가며 뒷걸음질한다. 1, 2, 3, 4, 5……. 5미터 정도의 거리에서는 거의 들리지 않았고, 더 물러서자 완전히 들리지 않았다.

이어서 운동장 화장실로 뛰어가 수도꼭지를 틀었다. 하지만 밸브 상태가 좋지 않은지 물이 쪼르륵쪼르륵 나올 뿐이다. 수도꼭지를 끝까지 돌려도 간신히 손이나 씻을 수 있을 정도의 수량이라서 1분당 20L를 흘려보낼 수 있을 것 같지는 않았다.

히데노리는 미간을 찡그렸지만, 이내 짧게 숨을 토해 낸다.

'됐어, 괜찮아.'

이곳이 그냥 덤 수준밖에 되지 않더라도 양호실 화장실에 수도꼭지가 두 개가 있으니까 그럭저럭 엇비슷해진다.

양호실 화장실을 생각하지 못하고 처음에 이 화장실에 왔다면 공황에 빠졌을 것이다.

그렇게 생각하자 자신이 결정적인 순간에 운이 좋은 사람인지도 모른다는 생각이 들었다. 경비 시스템은 해제되어 있었고, 보건 선생님은 그저께부터 휴가였고, 그 양호실 옆 화장실에는 수도꼭지가 두 개였다. 더구나 관리 주임은 어제는 출근했지만 그저께가 휴가였던 탓에 평상시보다 주의를 기울이지 못했다고 생각할 수 있다.

'역시 오늘 마무리해야겠어.'

히데노리는 끼익 소리를 내며 수도꼭지를 잠갔다.

먼저 뭐라고 말하면 좋을까. '큰일 났습니다, 누가 수도꼭지를 틀어 놔서는.' ……이건 너무 호들갑스럽다. 발견한 시점에서는 얼마나 오랫동안 틀어져 있었는지 짐작도 못 하는 상황인 것이다. 좀 더 무심하게, 잡담의 연장선 같은 어조로 말하는 편이 좋을 것이다. '수도가 틀어져 있길래 잠갔는데, 언제부터 이 상태였을까요?' 그래, 이 정도로 애매하게 던져 놓고 상대방에게 생각할 여지를 주는 편이 나을 것이다. 그리고 대화하면서 자연스럽게 '일단 교감에게 보고하자'고 유도해서……. 그러고 보니, 가장 먼저 출근하는 사람은 누구일까. 교감일까, 당직일까. 오늘 당직이 누구였지.

교무실로 가서 확인해 봐야겠다며 화장실을 나선 순간이었다.

누군가가 눈앞을 지나가는 바람에 놀라서 비명을 지를 뻔했다. 간신히 소리는 내지 않았지만 상대방이 재빨리 돌아보았다.

"어라? 지바 선생님이네?"

그곳에 있던 사람은 고키타였다.

역시 출근한 사람이 있었구나. 게다가 하필이면 이 남자가.

이 학교에서 유일한 동갑내기 남자 교사인데도, 아니 그래서 더욱 히데노리는 이 남자가 불편했다. 종잡을 수 없는 성격에 늘 부산해서 대화를 나누다 보면 정신이 없다. 이 학교에서는 교사들끼리 서로 '선생님'이라고 부르는데, 이 남자가 선생님이라고 부르면 왠지 남자 고등학생이 까불면서 '선―생―.'하고 부르는 듯한 기분이 드는 것이다.

"무슨 일이야? 이렇게 일찍."

"그냥…… 고키타 선생님이야말로."

그렇게 질문으로 답하는 것이 고작이었다.

"나?"

고키타는 기다란 목을 앞으로 쭉 내밀었다.

"난 말이지, 아내가 이혼하자며 집에서 쫓아내는 바람에 아침을 못 먹어서."

양손으로 달걀 두 개를 들어 보이며 턱으로 사육장을 가리켰다.

"사육장 달걀을 먹을까 하고."

"뭐?"

히데노리는 눈을 동그랗게 떴다.

"괜찮은 거야?"

"날것만 아니면 괜찮겠지."

역시 달걀 프라이가 좋겠지, 하고 태평한 말투로 덧붙이는 고키타에게 히데노리는 허탈감을 느낀다.

"아니, 그게 아니라, 집에서 쫓겨났다며. 괜찮은 거냐고."

"괜찮지 않지."

고키타는 전혀 괜찮지 않은 투로 말한다.

"난 마나님을 좋아하는걸."

그 대답에 히데노리는 "아, 그래."라고밖에 할 말이 없었다.

"그래서 난 마나님에게 꼼짝 못 해. 가출한 게 아니라 쫓겨났다는 게 나답지 않나?"

"그러면 이혼 얘기는 왜 나온 건데?"

"응? 이거."

고키타는 그렇게 말하면서 고양이가 앞발로 허우적거리듯 양손을 움직인다.

"그게 뭔데?"

"몰라? 말."

……말.

더욱 맥이 빠진다.

"경마?"

"어라? 말 안 했었나? 나의 유일한 취미라고."

"이전에 탁구가 취미라고 하지 않았나?"

"그랬나?"

이런 지점이 거슬리는 것이다.

"마나님은 경마를 그만두라고 하는데, 그만두려고 해도 그만두지 못하는 게 취미잖아."

고키타는 주눅 든 기색도 없이 다시 실실 웃는다.

"그저께 삼십만 엔을 날리는 바람에."

"삼십만 엔?"

목소리가 저절로 높아졌다.

"하루에?"

"날리려면 더 날릴 수도 있지만."

도대체 무슨 소리를 하는지 알 수 없는 고키타를 보며 히데노리가 오히려 머리를 감싼다. 이 자식은 대체 정체가 뭐야.

갑자기 자신이 벌이고 있는 일이 왠지 한심하게 느껴졌다.

고키타라면 실수로 수영장 물을 유실했다고 해도 시원스럽게 자백하고 사과해 버릴 것이다. 그리고 그 일로 무언가를 잃거나 상처받는 일도 절대 없을 것이다.

"전에도 화를 낸 적은 있었지만 이혼하자는 말을 꺼낸 건 역시 처음이라서."

"그야 삼십만 엔이나 탕진했으니 이혼 얘기가 나올 만하지."

"아니, 마나님에게는 오만 엔이라고 얘기했는데?"

히데노리는 "뭐?" 하고 되물었다. "뭐, 그런 어중간한 말을?"

"그렇지?" 하고 남의 일처럼 동의하는 고키타를 보며 이 자식은 대체 정체가 뭔지 다시 한번 생각한다. 앞서 걷기 시작한 고키타를 뒤따르자 고키타는 앞을 향한 채 "여하튼 지바 선생님은 참 성실

해." 하며 입꼬리를 올렸다. "어제 술 약속 있지 않았어? 어차피 오늘은 수업도 없는데 좀 천천히 나오면 어때서."

어떻게 알았냐고 물으려다가 자신이 교무실에서 이야기했다는 데에 생각이 미쳤다. 괜히 그런 이야기를 했다고 후회하면서 '이 자식은 왜 날짜까지 기억하고 있는 거야.' 하고 화풀이하듯 생각했다.

"아, 전철이 끊겨서 친구 집에서 잤거든. 그 녀석은 아침 일찍 나가야 하니까."

"그런데 어쩐지 얼굴색이 안 좋네? 숙취?"

역시 모임 뒷날에 일찍 출근하는 건 너무 부자연스러웠을까.

"뭐…… 그냥 잠도 좀 못 잤고."

대충 둘러대다가 교무실에 도착하면 이 녀석이 자리를 비운 사이에 출근 예정표를 고쳐야겠다고 생각한다. 원래 오늘 휴가를 냈었다는 것을 알면 의심이 더 커질 수도 있다.

"그러면 일단 집에 가서 좀 쉬다 나오지그랬어."

"……집에 들어가면 다시 못 일어나잖아."

"나라면 고민하지 않고 잘 텐데."

야유하는 듯한 느낌에 화가 치밀었다. 하지만 '잔다'는 말에 문득 아이디어가 떠오른다.

"그게, 사실은 집에 갔다가 다시 나오느니 양호실 침대에서 쉬는 게 시간이 절약될 것 같았거든."

"아, 그러네."

"그런데 있지," 히데노리는 말을 꺼내면서 입술을 핥았다. "양호실에 누워 있는데 어디선가 물소리가 들리는 거야."

"오, 학교 괴담인가?"

고키타가 지금까지와는 다르게 흥미진진한 표정으로 돌아본다. 순간 눈이 마주치자 히데노리는 흠칫 놀라며 "그건 아니고." 하고 대답한다.

고키타는 "뭐야." 하고 진심으로 실망한 듯 다시 고개를 돌렸다.

그때 교무실 현관에 도착했고, 고키타는 달걀을 요령 좋게 바꿔 들면서 실내화로 갈아 신는다. 고키타가 멋대로 화제를 바꿔 버릴 듯한 분위기에 히데노리는 서둘러서 "물소리가 어디서 들리나 했더니 양호실 옆 화장실이었어. 세면대 수도가 틀어져 있더라고." 하고 말을 이었다.

고키타는 "흐음." 하고는 관심 없다는 듯 그대로 교무실을 향한다. 히데노리는 조금 걸음을 빨리해서 고키타 옆에 섰다.

"그게 언제부터 틀어져 있었을까? 며칠씩 계속 흐르고 있었다면 수도 요금이 꽤 나올 텐데."

어쩔 수 없이 고키타의 생각을 유도하기 위해 그렇게 말을 이었지만 고키타는 호두를 돌리듯 달걀 두 개를 돌리기 시작한다. 그는 "꽤 어려운걸." 하고 혼잣말을 하다가 달걀이 떨어지려는 순간 "으악!" 하고 소리를 지르며 붙잡았다. "큰일 날 뻔했네."

"게다가 말이지, 혹시나 해서 교내를 돌아봤더니 다른 곳에도 두 군데나 수도가 틀어져 있는 거야. 다목적 화장실하고 운동장 화장실. 왜, 내가 아까 운동장 화장실에서 나오는 거 봤지? 그때 막 수도를 잠그고 나오던 참이었어."

일단 필요한 말은 다 해야 한다는 생각에 저절로 말이 빨라진다.

"특히나 운동장 화장실은 언제부터 틀어져 있었는지 모르고 말이야. 일단 교감에게 보고는 해 두고."

"왜?"

고키타가 가로막듯 묻자 말문이 막혔다.

"왜라니…… 그야 보고를 해 두는 편이 낫지 않겠어?"

"그게 아니라, 왜 교내를 돌아봤는데?"

고키타는 교무실 구석에 있는 가스레인지 앞에 서더니 프라이팬에 식용유를 가볍게 두른다. 그리고 왼손으로 프라이팬을 돌리면서 오른손만으로 달걀을 깼다.

"왜라니……."

히데노리의 시선이 흔들렸다. 왜 그런 걸 묻는 걸까.

"일부러 장난친 거라면 다른 피해가 있을지도 모르잖아."

"왜 장난이라고 생각했어? 보통은 그냥 깜박하고 안 잠갔다고 생각하지 않나?"

"그건……."

뭐야, 이 자식은. 왜 그딴 거에 일일이 트집을 잡는 거야.

"수도꼭지 두 개가 전부 틀어져 있었거든. 게다가 둘 다 끝까지 틀어져 있었고. 단순히 깜박한 거면 그럴 리가 없잖아."

"아, 그러네."

고키타는 순순히 인정하고는 조리용 긴 젓가락을 집었다. 그는 프라이팬의 달걀을 마구 휘저으면서 "아차, 달걀 프라이로 한다는 게 그만." 하며 과장스러울 정도로 얼굴을 찡그린다.

히데노리는 그 옆얼굴을 보면서 몇 초간 기다렸지만 고키타는 달리 아무 말도 하지 않았다. '그러네.'가 끝이냐고 묻고 싶었지만 더 이상 이상한 트집을 잡히는 것도 귀찮아서 생각을 바꾼다. 여하튼 이야기는 해 뒀으니까 나중에 다른 교사가 출근했을 때 똑같이 이야기하면 부자연스럽지는 않을 터였다.

그렇게 생각하고 발길을 돌린 순간이었다.

"지바 선생님."

프라이팬을 흔들며 고키타가 불렀다. 히데노리는 움찔하고 멈춰 선다.

"……뭔데?"

"지바 선생님도 스크램블드에그 먹을래?"

고키타는 불을 끄고 한 손에 프라이팬을 든 채 돌아보았다. 그 태평스러운 표정에 히데노리는 몸의 긴장을 풀었다.

"아니, 나는 됐어."

"그래?"

고키타는 고개를 살짝 갸웃거렸다. 히데노리는 이번에야말로 몸을 돌려 자신의 자리로 향한다.

하지만 의자 등받이에 손을 올렸을 때였다.

"그건 그렇고, 누가 그랬을까."

고키타가 잡담이라도 하는 듯한 어투로 말했다. 히데노리는 순간 몸을 긴장시켰지만, 되도록 담담하게 들리도록 조심하면서 "글쎄."
라고 대답하고 자리에 앉는다. "아마 수영 교실에 온 아이 중 누군
가가 그랬겠지만 그 이상은 알 수 없지."

"아이들이 아닐 텐데." 고키타가 틈을 두지 않고 즉각 대꾸했다.
히데노리는 "뭐?" 하고 고개를 든다. 고키타는 프라이팬을 들고 긴
젓가락으로 스크램블드에그를 먹으면서 "어제는 수영 교실 후에 아
무도 등교하지 않았으니까." 하고 말을 이었다.

히데노리는 볼이 욱죄는 느낌을 받았다.

"그러면 수영 교실 전에, 어쩌면 그저께부터 틀어 놓은 걸 수도
있잖아."

"그건 아니야."

고키타가 짧게 부정했다. 그 확신에 찬 어투에 심장이 두근거린
다. 어떻게 확신하는 걸까.

"어째서……."

"어제 낮에 쓰루노 씨가 화장실 청소를 했잖아."

명치에 묵직한 압박감이 느껴졌다.

설마, 그럴 리가…….

"……청소를 했어?"

"아마도."

고키타는 어깨를 살짝 으쓱했다.

"직접 보지는 않았지만 어제저녁에 교무실 앞 화장실에 들어갔을
때 휴지 끝이 삼각형으로 접혀 있었어. 화장실 청소는 보통 교내에

있는 화장실 전체를 한 번에 하잖아."

그러고 보니…….

분명 자신도 어제 화장실에서 끝이 접힌 휴지를 분명히 보지 않았던가. 더구나 화장실 휴지를 두 손으로 안고 있는 쓰루노를 만나기까지 했다.

"게다가 쓰루노 씨는 오랜만의 출근이었으니까, 그럴 때면 비품 보충하는 일을 먼저 하잖아."

그러니까 여하튼 수도 요금 따윈 신경 쓰지 않아도 될 거라고 고키타가 덧붙인 말이 머릿속에서 메아리쳤다. 어떡하지. 어떻게 해야 될까.

수도가 틀어져 있었다고 둘러댈 만한 곳이 어디 또 없을까.

사육장 옆 수도꼭지는 불가능하고, 승강기 앞 음수대도 방금 지나왔고……. 아니, 이렇게 된 마당에 아이들이 들어갈 수 있든 없든, 수돗물이 틀어져 있어도 쉽게 발견하기 힘든 장소가 어디 없을까. 이과실은……. 이과 담당은 다른 그 누구도 아닌 이 남자다. 미술실은 어제 이토 선생이 출근했었고, 가정과실은…… 그래, 마침 1학기 말에 담당 교사가 출산휴가에 들어갔지.

"그리고 가정과실도."

"가정과실? 지바 선생님, 정말로 학교를 순찰한 거야?"

놀라는 척하는 목소리에 또다시 조롱이 섞인 듯한 느낌을 받는다. 하지만 부정할 수도 없는 상황이라서 "뭐, 대충." 하고 대답하자, "어디 어디를 돌아본 거야?" 하고 다시 묻는다.

"어디긴…… 교내를 한 차례 돌고, 운동장 화장실하고 체육관."

"그러다가 가정과실에서도 찾아냈다는 건가? 하지만 자물쇠가 걸려 있었을 테니 역시 아이들 짓일 가능성은 없는 거 아닌가?"

"아, 그렇지. 깜빡했네."

대답하는 목소리가 갈라진다.

"누가 그랬는지는 모르겠지만 내가 봤을 때는 수도꼭지가 틀어져 있어서……."

"언제?"

"뭐?"

"언제 봤어?"

왜 이런 걸 묻는 걸까.

등줄기를 타고 식은땀이 흘러내린다. 어떻게 대답하는 것이 가장 자연스러울까. 지금까지의 이야기 흐름으로 보면 아침에 양호실에서 쉬고 있는데 화장실에서 물소리가 났고, 그다음 다른 장소도 둘러봤다고 했으니까 너무 오래전이면 맞지 않는다.

"정확히는 모르겠지만 운동장 화장실에 가기 전이니까 십 분 정도 됐을까."

"십 분 정도."

어째서인지 고키타는 나를 똑바로 보면서 진지한 얼굴로 복창했다. 히데노리는 마음속에 불안한 예감이 번지는 것을 느낀다.

"아니, 그러니까 정확하게는 모르겠고 대략 그렇다고." 일단 그렇게 덧붙이자 고키타는 시선을 프라이팬으로 돌렸다.

"역시 소금이랑 후추만으로는 맛이 부족하군." 고키타가 그렇게 중얼거리면서 간장병을 집는다.

'대체 뭐야.' 하고 생각한 순간이었다.

"거짓말이지?"

고키타가 스크램블드에그에 간장을 두르면서 말했다.

갑자기 강한 파도를 맞은 것처럼 온몸이 저렸다.

"거짓말이라니?" 히데노리는 간신히 그렇게 되물었다.

고키타는 "이거." 하면서 간장병을 들어 올린다. "난 사실 달걀에는 간장을 꼭 넣거든. 그런데 여기에 없길래 아까 이십 분 정도 전에 가정과실에 찾으러 갔었어. 하지만 수도가 틀어져 있는 건 못 봤는데."

"그건……."

히데노리의 시선이 이리저리 방황했다. 퍼뜩 생각이 떠올라 고개를 든다.

"그게, 물이 틀어져 있기는 했는데 그곳은 크게 틀어 놓은 게 아니라서 졸졸졸 흐르고 있었어. 수도꼭지를 주의 깊게 보지 않으면 모르고 지나칠 수도 있었을 거야."

"끈질기네, 지바 선생님."

고키타가 쓴웃음을 지었다. 머리에 피가 확 솟구친다.

"자기가 못 봐 놓고 무슨……,"

"그거 말고."

고키타는 검지를 세웠다.

"지바 선생님, 솔직히 오늘 가정과실에 간 적 없지?"

"왜 그런 말을……."

"백문이 불여일견."

잔말하지 말고 따라오라는 듯 고키타는 복도로 나갔다. 그대로 성큼성큼 걸어가는 고키타를 따라가면서 마음속 불안이 점점 커진다. 정말로 어떻게 된 걸까. 자신이 무슨 실수라도 했다는 건가.

고키타가 기세 좋게 소리를 내며 문을 연 순간, 앗 소리를 지를 뻔했다.

가정과실의 작업대 위에 여러 대의 재봉틀과 가스레인지가 놓여 있었다.

"아마도 이토 선생님이 어제 비품 체크를 했을 거야."

고키타는 재봉틀 옆에 펼쳐져 있는 파일을 집어 들었다. 파일 표지에는 '가정과실 비품'이라고 적혀 있었다.

그렇다. 비품 점검은 방학 동안에 해 두어야 하는데, 가정과 담당 교사는 출산휴가 중이다.

이토 선생은 출산휴가를 간 선생 대신에 가정과실 비품 점검 업무를 인계한 걸까.

"하루로는 안 끝나니까 오늘도 이어서 할 생각이었겠지. 진짜 수돗물이 흐르고 있었다면 이토 선생님이 잠그지 않았겠어?"

고키타가 파일을 다시 책상 위에 올려놓았다.

뭔가 발뺌할 방법이 없을까.

부들부들 떨리는 입술을 간신히 움직인다.

"이토 선생님이 퇴근한 후에 누군가가 수도를 틀었다거나…… 아니면 이토 선생님도 못 봤다거나."

"이곳에서 이렇게 많은 작업을 했는데도?"

어이가 없다는 듯한 말투에 히데노리의 얼굴이 화끈거린다. 스스로 생각해도 말이 안 되지만 이제 와서 물러날 수도 없었다.

"내가 아까 본 건 저쪽 끝의 싱크대였는데."

히데노리는 가정과실의 가장 안쪽 싱크대를 가리킨다. 고키타는 "여기?" 하면서 다가가 안을 들여다보았다. "물기가 없는데?"

"말랐나 보지."

'십 분 만에?' 하고 따질 줄 알았는데, 고키타는 의외로 별말 없이 출입구로 향했다. 왜 갑자기 따져 묻지 않는 걸까.

그렇게 생각한 순간, 고키타가 돌아보며 싱긋 입꼬리를 올렸다.

"지바 선생님, 아직도 눈치 못 챘어? 이곳에 자물쇠는 걸려 있지 않았어. 지금도, 아까 내가 왔을 때도."

자물쇠가 걸려 있지 않았다?

그것이 왜 문제라는 것인지 알 수 없었다. 자물쇠가 걸려 있지 않다면 오히려 자신에게 유리한 것 아닌가. 역시 아이들도 출입이 가능했다는 이야기가 되니까……. 거기까지 생각하다가 헉하고 숨을 들이마신다.

'하지만 자물쇠가 걸려 있었을 테니 역시 아이들 짓일 가능성은 없는 거 아닌가?'

'아, 그렇다. 깜빡했다.'

자신이 정말로 가정과실에 왔었다면 자물쇠가 걸려 있지 않았다는 것을 모를 리가 없다. 그리고 아까 고키타가 그렇게 말했을 때 자물쇠는 잠겨 있지 않았다고 응수했어야 했다.

그건 함정이었나.

"자, 지바 선생님. 아까부터 왜 거짓말을 하는 거지?"

고키타의 물음에 히데노리는 대답할 수 없었다.

"왜 거짓말을 해 가면서까지 수돗물이 흐르고 있었다고 믿게 하려는 거야?"

고키타가 지금까지와는 달리 목소리 톤을 조금 낮추고 말했다.

"가능성은 여러 가지를 생각해 볼 수 있지. 어떤 특정한 아이를 모함하려고 했거나 어제부터 세 곳의 화장실을 아무도 사용하지 않았다고 믿게 하고 싶었거나 학교 괴담을 만들려고 했다."

고키타는 하나하나 말하면서 손가락을 접어 간다. 그러면서 히데노리를 응시한다.

"아이가 그랬을 가능성을 순순히 내려놓은 걸 보면 아이를 모함하려고 했다고는 생각하기 어렵고. 세 곳의 화장실을 아무도 사용하지 않았다는 것도 재미있는 가능성이지만 화장실이 부정되자 곧바로 가정과실을 들고나온 걸 보면 딱히 화장실에 집착한 것도 아니고. 학교 괴담을 지어내려고 했다면 더욱 재미있지만, 뭐 그것 때문에 이렇게까지 끈질기게 버틸 캐릭터가 아니지, 지바 선생님은."

이번에는 접은 손가락을 하나하나 펴 갔다. 손가락이 다 펴지자 손뼉을 한 번 치더니 그대로 손바닥을 비비면서 말을 이었다.

"그렇다면 단순히 오랫동안 물이 틀어져 있었다고 믿게 하는 것이 목적이었나."

히데노리는 반론조차 할 수 없었다. 아니라고 해야 하는데 입이 움직이지 않는다.

"문제는 왜 그래야만 했는지인데. 실제로 물을 틀어 놓는 거라면 몰라도, 그렇게 믿게 하려는 것만으로는 그다지 의미가 없지."

고키타는 거기까지 말하고 갑자기 침묵했다.

침묵이 내려앉자 창밖으로 매미 소리가 들리기 시작한다. 히데노리는 마른침을 삼키며 이제 그만 거짓말이라고 인정하는 편이 나을까 생각했다. 수영장 문제는 다시 다른 방법을 찾아보기로 하고⋯⋯.

"수영장 물을 유실했지?"

목울대가 미세하게 울린다. 그것이 거의 자백을 의미한다는 것을 알면서도 어쩔 수 없었다.

고키타는 "오, 빙고!" 하고 흥분된 목소리로 외쳤다. "지바 선생님, 좀 전에 어디를 순찰했는지 물었을 때 수영장은 전혀 언급하지 않았지? 그게 부자연스러운 거야. 왜냐면 지금 시기에 교내에서 아이들이 가장 많이 출입하는 곳이 수영장이니까."

그리고 어제 당직이 지바 선생님이었다는 사실을 생각하면 그럴 가능성이 높아진다며 이어지는 고키타의 말에 히데노리는 기묘한 허탈감을 느꼈다.

그것까지 간파하고 있었던 것이다.

이제 더 이상 잡아떼 봐야 의미가 없다는 것은 분명했다. 거기까지 알고 있었다면 자신이 오죽이나 우스워 보였을까 하고 히데노리는 왠지 남의 일처럼 생각한다. 거짓말을 더하고 더하다가 자기 덫에 걸려 버린 꼴이다.

히데노리는 고키타를 만나기 직전에 자신이 운이 좋다고 생각했던 것이 진심으로 한심하게 느껴졌다. 대체 뭐가 운이 좋다는 건가. 이 남자와 마주쳤다는 것 자체가 운이 다했다는 뜻 아닌가.

어찌 되었건, 어제 화장실 청소를 했다면 수도꼭지가 틀어져 있었다는 설정은 불가능했다. 하지만 하필이면 이 남자에게 자신의 은폐 공작을 들키다니.

"그래서, 물을 얼마나 유실했는데?"

"수영장 절반이니까 아마 십삼만 엔 정도 될 거야."

"운이 없었네."

고키타는 어쩐지 재미있어하는 말투다. 히데노리는 기나긴 한숨을 쉬었다.

"……바보 같다고 하는 게 맞지만."

"뭐라고?"

고키타가 한 말의 의미를 알 수 없어서 히데노리는 고개를 들었다. 그러자 고키타는 멍한 표정으로 고개를 갸웃했다.

"오히려 똑똑한데?"

"뭐?"

"나는 이런 걸 생각해 내지 못했을 테니까. 나였다면 그냥 자백해 버리거나 모른 척하다가 나중에 들통나서 혼이 나거나 하겠지."

그편이 확실히 정답이라는 생각이 들자 칭찬받는 기분이 들지 않는다.

하지만 고키타는 "진심으로 감탄했어. 과연 그런 방법이 있었나." 하고 말을 이었다. "어떻게 이런 생각을 했을까. 다른 원인을 먼저 발견하면 진짜 출처는 찾지 않게 된다는 거잖아."

히데노리는 그렇게 진지하게 중얼거리는 모습을 보자 고키타가 정말로 자신에게 감탄하고 있음을 깨닫는다.

히데노리는 눈을 깜박였다.

한심하게 보는 게 정말 아니었나?

"화장실이나 가정과실을 이용할 수 없게 된 건 운이 나쁘지만, 그래도 생각하기에 따라서는 다른 선생에게 그런 말을 하기 전에 나에게 간파당한 것만으로도, 그런 의미에서는 운이 좋네."

"하지만 어차피 둘러댈 만한 다른 곳도 없어서……."

"이과실이 있잖아."

고키타가 시원스럽게 말했다.

"이과실은 적어도 최근 며칠 동안 나 외에는 아무도 들어가지 않았거든. 내가 그야말로 비품 체크를 하러 갔더니 어째서인지 자물쇠가 열려 있었고 수도가 틀어져 있었다고 얘기해 줄게."

히데노리는 눈을 크게 떴다. 이자가 지금 무슨 말을 하는 거지? 혹시…… 나를 도와주겠다고 하는 건가.

"……괜찮겠어?"

"역시 지바 선생님보다 내가 얘기하는 편이 자연스럽겠지. 게다가 난 한동안 당직이 아니었으니까 수영장과 연결 지을 리도 없을 테고."

생글생글 웃는 고키타에게 히데노리는 가슴이 뜨거워지는 것을 느꼈다. 역시 나는 운이 좋다는 생각이 들었다. 이 남자에게 들켜서 다행이다.

히데노리가 고맙다고 진심으로 말하자 고키타는 "고마워할 것까지는 없어." 하고 대수롭지 않은 듯 말한다. "그러면 일단 이과실에 가서 증거를 만들어 둘까." 고키타는 그렇게 말하면서 가정과실 문을 닫았다. 그리고 히데노리를 돌아보며 물었다. "아, 그건 그렇고 수영장 물은 다 채웠어?"

"아마 거의 다 찼을 거야. 이제 잠그러 가야지."

"염소는 넣었고?"

히데노리는 아차 싶었다.

"……안 넣었어."

수영 교실 전에는 반드시 잔류 염소 농도를 측정하게 되어 있다. 이 상태로 측정하면 분명히 이상한 수치가 나올 것이다.

"큰일 날 뻔했네."

고키타는 가슴을 누르며 몸을 젖혔다.

"그러면 내가 넣고 올게. 지바 선생님은 수영장에 안 가는 게 좋잖아?"

"고마워, 덕분에 살았어."

"일단 이과실 싱크대를 적셔 놔 줘. 아까처럼 말했겠지 따위의 말은 안 통해."

"응." 대답하는 히데노리의 얼굴이 뜨거워진다. 앞으로 이자에게 얼마나 놀림을 받을까 생각하자 벌써 조금 우울해진다.

하지만 고맙다는 마음이 더 컸다. 고키타 덕분에 이번에야말로 완전히 해결될지도 모른다.

경쾌한 발걸음으로 수영장을 향하는 뒷모습에 히데노리는 저절로 고개가 숙여졌다.


여름방학 중이라서 다른 교사가 출근한 시간은 8시 30분이 다 되어서였다.

히데노리는 "좋은 아침입니다."라는 아침 인사에 평상시처럼 같은 인사로 대답하면서 곁눈질로 힐긋 고키타를 본다.

하지만 고키타는 어째서인지 컴퓨터를 보고 있을 뿐 움직이려고 하지 않았다.

지금 보고하지 않는 걸까.

애가 탔지만, 생각해 보니 아침 일찍부터 이과실에 가는 편이 부자연스러울지도 모른다. 어디까지나 자연스럽게, 우연히 발견한 것처럼 보이려는 생각일 것이다.

고키타가 컴퓨터만 보고 있는 동안에 교감에 이어 교장까지 출근했고, 마침내 직원 조회가 시작됐다. 당직 교사의 진행으로 회의는 금방 끝났다.

고키타가 한 손에 파일을 들고 자리에서 일어났다. 저건 비품 파일인가? 이제 자연스럽게 이과실로 가겠지.

걱정할 것 없다고 생각하는데도 도저히 진정이 되지 않았다. 빨리 결말이 났으면 싶었다.

고키타가 다시 자리로 돌아오는 모습을 보자 혀를 차고 싶은 기분이 든다. 뭘 하는 거야, 왜 아직도 그러고 있는 건데…….

히데노리가 일어나려는 순간이었다.

"큰일입니다!"

당직 교사가 큰소리로 외치며 교무실로 뛰어 들어왔다.

"방금 수영장에 갔는데, 배수 밸브가 열린 채 급수가 되고 있었습니다."

'뭐?' 하는 소리가 목까지 올라온다.

무슨 말도 안 되는…….

무슨 일이 일어나고 있는지 알 수 없었다. 어제 배수 밸브는 확실히 잠갔다. 오늘 아침에도 분명히 확인했고…….

상황 판단이 되기 전에 본능적으로 눈이 먼저 고키타를 찾고 있었다.

고키타는 바로 한 시간 반 전에 수영장에 갔었다. 이상이 있었다면 왜 발견하지 못했을까. 왜 아무 말도 해 주지 않았을까…….

등을 돌리고 앉아 있던 고키타가 몸을 빙글 돌렸고, 히데노리와 눈이 마주치자 씩 웃었다.

히데노리는 눈을 크게 뜬 채 얼어붙었다.

방금 그건 뭐지?

방금 고키타가 웃지 않았나?

배수 밸브가 다시 열려 있었다는 것을 고키타는 알고 있었다는 의미인가. 아니, 그 문제가 아니다. 다시 열려 있었다는 것은, 자신이 오늘 아침 확인한 후에 누군가가 열었다는 뜻이다.

그것이 무엇을 의미하는 것일까.

"어제 당직이 누구지?"

누군가의 목소리가 묘하게 웅얼거리는 것처럼 들렸다.

고키타가 한 짓이다.

그렇게밖에 생각할 수 없었다. 시간적으로도 그자밖에 없다.

하지만 왜 그런 짓을 했을까. 도와주는 것이 아니었나.

'과연, 그런 방법이 있었나.' 문득 고키타가 그렇게 한 말이 떠올랐다.

사고를 보고하는 교육위원회의 통지문에는 실명이 나오지 않는다. 통지문에는 학교명, 나이, 성별만 있을 뿐.

후두부를 세게 얻어맞은 듯한 충격이 느껴진다.

고키타는 단순히 감탄한 것이 아니라, 말 그대로 '그런 방법이 있었나.' 하고 생각했던 것이 아닐까.

고키타는 자신의 아이디어를 듣고 생각한 것이다.

**다른 원인이 먼저 발견되면 진짜 출처는 들키지 않을 수 있다.**

경마로 잃은 돈을 실수로 수영장 물을 유실하는 바람에 변상했다고 아내가 믿게 만들 수 있다.

어디선가 '지바 선생님'이라고 대답하는 소리가 들렸다. 하지만 그게 누구의 목소리인지, 어디에서 나는 소리인지 알 수 없었다.

'삼십만 엔이나 날렸다면 이혼 이야기가 나올 만하지.'

'아니, 마나님에게는 오만 엔이라고 얘기했어.'

아, 그래서.

13만 엔으로는 부족했던 것이다.

자신에게 협조해 주는 척하면서 다시 물을 빼 버리면 수도 요금을 더 높일 수 있다.

히데노리는 고키타를 향해 입을 열었다.

하지만 무슨 말을 해야 할지 알 수 없었다. 추궁해 봐야 시치미를 뗄 것이다.

그리고 그 사실을 누군가에게 하소연하면 자신이 실수를 은폐하려 했던 사실이 밝혀지게 된다.

고키타는 가볍게 자리에서 일어났다. 히데노리는 그 모습을 눈으로 좇는 것밖에 할 수 없었다.

히죽 웃는 옆얼굴에 '고마워할 것까지는 없어.'라고 고키타가 조전에 했던 말이 겹쳐졌다.

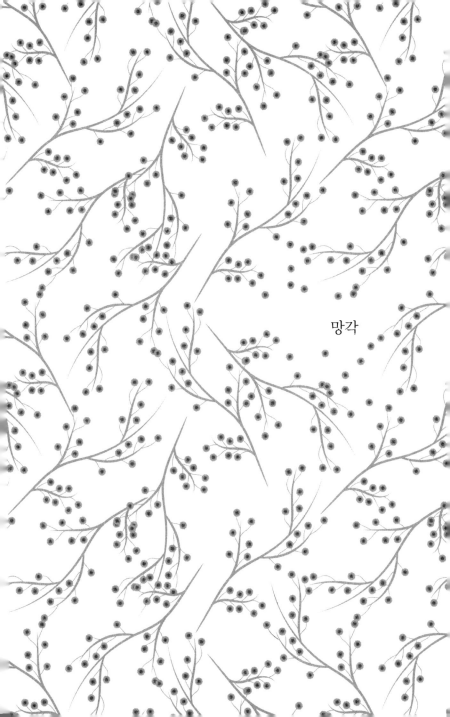

망각

구역질이 나서 반사적으로 입을 막았다.

남은 손으로 손수건을 꺼내 코와 입을 막았지만 강렬한 냄새를 차단할 수는 없었다. 옆으로 고개를 돌리자 아내도 괴로운 표정을 짓고 있었다. 과연 아내는 이 냄새를 아는 걸까. 다케오는 더위와 숨 막힘으로 혼미해진 상태에서 생각했다.

"괜찮아?"

"으으……."

아내는 대답인지 아닌지조차 알 수 없는 신음 소리를 냈다.

"일단 여기서 좀 벗어날까."

다케오가 등을 가볍게 밀자 등뼈가 튀어나온 가녀린 몸이 휘청이듯 움직인다.

집 앞에서 도로 맞은편으로 이동해, 같은 자세와 표정으로 나란히 늘어서 있는 연립주택 주민들 속에 섞였다.

여러 대의 경찰차가 빨간색 경광등을 번쩍이며 서 있고, 마스크를 쓴 경찰관이 바쁘게 오가는 이색적인 광경을 말없이 바라본다.

"가엾게도."

탄식 섞인 목소리가 들렸다.

"열사병이라는군."

다른 목소리가 들렸고, "근래 들어 엄청 더웠지." 하는 대답이 이어진다.

파란색 시트로 덮인 덩어리가 들것에 실려 나온다. 낡고 회색 벽이 칙칙한 목조 연립을 배경으로 선명한 파란색만이 두드러진다.

텔레비전 뉴스를 떠올리게 하는 광경을 보자 현실감이 사라지는 느낌이다. 하지만 현실감을 다시 불러오듯 농밀한 냄새가 흘러나왔고, 입으로 숨을 쉬고 있음에도 구토가 나올 듯했다.

끊임없이 이어지는 대화에서 '고독사'라는 단어가 귀에 들어왔다.

"사사이 씨 아드님이 근처에 살지, 아마?"

"난 얼마 전에 인사까지 했다니까. 오늘 처음 발견한 사람도 아드님이잖아."

"가족이 있어도 이렇게 되는구면."

아내는 멍한 표정으로 아무 말도 하지 않고 서 있었다. 다케오는 발밑으로 시선을 떨구고, 발에 밟혀 흙투성이가 된 담배꽁초를 응시한다.

그는 이렇게 죽기는 싫다고 생각했다.

일을 하고 가정을 꾸리고 아들과 손자까지 보며 팔십 평생을 살았지만 마지막에는 그저 이상한 냄새를 풍기는 덩어리가 된다.

"우리도 남의 일이 아니야."

"우리 집 양반은 내가 먼저 죽으면 금방 객사할 거야."

고개를 들자 비슷비슷한 얼굴들이 모여 있었다. 듬성듬성 흰머리만 남은 주름 가득한 얼굴에 휘고 쪼그라든 허리…… 이곳 2층 연립에 사는 여덟 세대의 입주민들은 사사이 씨와 자신을 포함해 전부 노인뿐이다.

우리 부부는 아들이 독립하고 방이 남아돌자 교외에 있던 집을 팔고 교통이 편리한 역 근처의 임대 연립으로 옮겨 왔다. 사사이 씨나 우리 부부처럼 친족 가까이에 거처를 마련한 사람, 익숙한 지역에서 단출한 삶을 시작한 사람 등등 사연은 다양하지만 여생이 얼마 남지 않았고 허리와 다리가 약해졌다는 점은 모두 같았다.

'양로원 같아.'

입주한 지 얼마 되지 않았을 무렵, 아직 정신이 온전했던 아내가 웃으면서 한 말이었다.

차 문이 닫히는 소리가 들린 후, 청소업자와 이야기를 나누던 건물 주인이 이쪽을 향해 걸어오는 것이 보였다.

남의 일이 아니라는 말을 거듭하던 사람들 모두 일제히 입을 다문다.

"불행한 일이 일어나 버렸군요."

아직 50대 중반의 구겨진 양복 차림의 건물 주인이 이마의 땀을 닦았다.

"어떡하든 오늘 중으로 원상 복귀할 수 있도록 작업을 진행하겠습니다."

"이렇게 냄새가 나서야 밥도 못 먹겠어."

투덜거리던 주민이 연립을 바라보고 있는 주인의 옆얼굴을 보고 입을 다문다.

주인은 넌더리가 난다는 듯 얼굴을 찡그렸다.

이런 일이 생길 바에야 더 이상 노인들에게 집을 임대하지 말아야겠다고 생각하는 것은 아닐까.

다케오는 몸속이 서늘해지는 것을 느낀다.

만약 여기서 쫓겨난다면……. 역시 집을 팔지 말았어야 했나.

집을 팔고 자신과 가까운 곳으로 이사 오라고 제안한 것은 외아들인 가즈오였다.

앞으로 점점 다리도 약해질 텐데 계단이 있으면 집안일도 힘들잖아. 배리어프리barrier free 고령자나 장애인용 주택로 개조하려면 돈도 들고 하니, 차라리 꼭 필요한 것만 갖추고 단출하게 사는 게 편하지 않아? 가까우면 우리도 종종 찾아뵐 수 있고.

다케오는 익숙한 집을 떠나는 것이 내키지 않았지만 아내는 아들의 제안에 마음이 동했다.

아내는 '어차피 애들이 우리 집에서 자고 가는 일은 거의 없잖아. 방이 많아 봐야 청소하기만 힘들어.' 하고 강력하게 주장했다. 집안일을 아내에게 일임해 왔던 다케오로서는 대꾸할 말이 없었다.

사실 손자가 어렸을 때는 그래도 1년에 몇 차례씩 활약했던 방도 이미 오래전부터 창고로 쓰고 있었다. 창고에 쌓인 물건도 거의 사용하지 않았고, 점점 뭐가 어디에 있는지조차 알 수 없게 되었다.

강행하듯 아들과 아내가 찾아낸 이 연립주택으로 이사 온 것이 지금으로부터 6년 전.

아들 집까지는 걸어서 15분 정도였고, 이사 온 직후 며느리와 손자와 함께 근처 레스토랑에서 외식했을 때는 이것이 정답일지도 모른다고 생각했다.

아들이 마지막에는 자신이 보살펴 주겠다고 농담처럼 말했다. 하지만 그로부터 1년도 채 되지 않아 그 아들이 먼저 세상을 뜨고 말았다.

뇌경색이었고, 아무런 전조 증상도 없었다.

어느 날 갑자기 며느리에게 연락을 받고 달려갔을 때는 이미 아들은 차갑게 식어 있었다.

괜히 오래 살았다며 아내는 이를 악물었지만 비명 같은 오열이 새어 나왔고, 다케오는 그 소리를 듣고 있는 것밖에 할 수 있는 일이 없었다.

살면서 그때만큼 괴로웠던 적은 없었고, 앞으로도 없으리라.

며느리는 종종 손자를 데리고 만나러 와 주었다. 하지만 그것도 어느새 뜸해졌고, 지금은 전화조차 반년에 한 번 올까 말까다.

일단 집으로 돌아갈까 생각하며 아내를 바라보았다.

어찌 되었든 달리 갈 곳도 없었고, 밖에 있는 것보다는 집에 들어가 창문을 꼭 닫는 편이 그나마 냄새를 견딜 수 있을 것이다.

한 발을 내디디며 아직 대화를 이어 가고 있는 주민들에게 인사를 하려던 순간이었다.

"사사키 씨가 에어컨을 켜지 않고 낮잠을 잤다고 하네요."

"왜?" 주인의 설명에 사람들은 소리를 높인다.

"왜 그런⋯⋯."

"지금 시기에 그건 자살행위잖아."

"아무래도 전기 요금이 체납되어 있었던 모양입니다."

심장이 크게 요동쳤다.

전기 요금!

심장박동이 급속하게 빨라진다.

아내를 돌아보자 아내는 조금 전과 변함없는 표정으로 앞을 보고 있었다. 못 들었나, 아니면⋯⋯.

"저희는 이만."

그렇게 말하는 다케오의 목소리가 미세하게 높아진다.

사람들의 얼굴이 동시에 다케오를 향했다. 다케오는 가볍게 고개를 숙인 후 아내 팔을 끌고 집을 향해 걷는다.

다가갈수록 짙어지는 냄새 속을 숨을 참고 빠져나가 잠그지 않은 문을 당겨 안으로 들어갔다. 뒷손으로 문을 잠그고 나서야 숨을 내쉰다.

다케오가 "냄새가 엄청나네." 하고 일부러 목소리 톤을 높여 말하자, "그러네." 하는 대답이 돌아왔다.

평상시처럼 세면대에서 손을 씻기 시작한 아내를 곁눈질로 확인하면서 다다미방의 책상 앞에 앉는다.

쌓여 있는 우편물은 대부분 부동산 전단지나 배달 음식 광고지였다. 하나하나 확인하면서 옆으로 치운다. 우편물 더미 속에서 3단으로 접힌 엽서를 찾아내고는 자신도 모르게 숨을 삼킨다.

〈지불 기한을 넘긴 단전 대상 미납금 2,942엔〉

'단전'이라는 글자를 본 다케오의 얼굴이 창백해진다.

있었어.

떨리는 손으로 엽서를 뒤집자 고객명에 '사사이 미쓰오'라고 되어 있었다. 다케오는 등 뒤에서 발소리가 들리자 재빨리 엽서를 조끼 주머니에 찔러 넣는다.

숨이 잘 쉬어지지 않았다.

다케오가 실수로 엽서를 개봉한 지 벌써 열흘 가까이 되었다.

한눈에 전기 요금 청구서라는 것을 알았기 때문에 별생각 없이 접착된 부분을 떼어 냈고, '단전'이라는 글자가 적혀 있자 깜빡하고 요금을 안 냈나 싶어서 황급히 엽서를 뒤집어 보고야 고객명이 다르다는 것을 깨달았다.

배달 실수인가 하고 얼굴을 찡그렸다. 사적인 우편물이었다면 먼저 발신인과 수취인을 확인했을 텐데, 공교롭다고 생각하면서 아내에게 말했었다.

'어머 저런.' 아내는 작은 눈을 깜박이며 하얀 팔을 내밀었다. '사사이 씨라면 내가 전해 줄게.'

'미안해.'

아내에게 엽서를 줄 때는 솔직히 다행이라고 생각했다. 개봉하기 전이라면 우편함에 다시 넣으면 그만이지만 개봉해 버렸으니 모른 척할 수도 없다. 함부로 남의 우편물을 열어 본 것도 미안한데, 하물며 독촉장이다.

전기 요금도 못 낼 정도로 궁핍해 보이지는 않지만, 그래서 더욱 봐서는 안 될 것을 본 것 같은 기분이었다.

옆집의 사사이와는 아내 쪽에서 교류가 있었다. 아내라면 자신보다 자연스럽게 돌려줄 수 있을 터이다.

그렇게 생각하고 아내에게 맡겼다.

하지만 아내는 잊어버린 것이다.

아마도 다음에 만날 때 줘야지 하다가 다른 우편물에 섞였고, 그대로 존재 자체를 잊어버렸을 것이다.

그리고 지금도 잊고 있다.

다케오는 차를 끓이고 있는 아내를 보았다.

표정은 아까보다 명료해져 있다.

원래 아내가 늘 멍한 상태로 있는 것은 아니다. 이른바 초기 치매 증상으로, 약간의 후각 이상이 보이지만 오전 중에는 상태가 괜찮고, 집안일도 예전과 마찬가지로 해낸다. 취미인 자수도 계속하고 있으며, 책을 읽고 명석한 감상을 말할 때도 많다.

하지만 오후가 지나면 피로감이 나타나는지 때때로 눈빛이 멍해진다. 그러면서 건망증이 심해지고 일상의 세세한 부분을 기억하지 못하게 된다.

다케오는 침을 꿀꺽 삼켰다.

차라리 끝까지 기억하지 못하면 좋겠는데.

이제 와 독촉장을 떠올린다고 사사이가 살아 돌아오는 것은 아니다. 빨리 전달했으면 전기가 끊기지 않았을지도 모른다며 아내가 속을 끓이게 될 뿐이다.

자신이 깜박했다는 사실을 깨달을 때마다 아내는 동요하고 크게 침울해한다. 잊지 않으려고 소소한 것 하나하나 끊임없이 메모하지만 그 메모를 어디에 두었는지 몰라서 우는 아내의 모습을 다케오는 여러 번 목격했다.

주머니에 손을 넣은 채 일어나서 냉장고 앞으로 간다.

'치과 17일 14시 30분', '간장', '치약', '지나간 메모는 버릴 것'. 빽빽하게 붙어 있는 메모를 훑어보았다. 메모 하나하나에는 여러 차례 밑줄이 그어져 있고, 복용하는 약의 종류와 시간 리스트, 친족 모두의 이름과 생일을 적은 일람표, 가위표가 가득한 체크 리스트도 있다.

다케오는 그중 독촉장에 관한 메모는 없다는 것을 확인한 후 현관으로 향했다.

"잠깐 나갔다 올게."

"응? 어디에?"

"담배 사는 걸 깜빡했어."

다케오는 짧게 대답하고 신발 뒤축을 꺾어 신은 채 집을 나온다.

고약한 진득한 냄새가 얼굴을 덮어 아주 잠깐 주춤했다. 고개를 숙이고 다리를 움직여 아직 대화를 이어 가고 있는 사람들 옆을 지나간다.

익숙한 길이 이상하게 낯설게 보였다.

세탁소, 라멘집, 신축 맨션, 담배 가게, 빵집, 중고품 가게⋯⋯.
매일 보는 광경인데도 마치 모르는 거리를 헤매고 있는 듯한 기분
이 들었다.

전철역으로 갈까 고민하다가 결국 편의점으로 들어갔다.

한기가 느껴질 정도의 에어컨 바람에 두 팔을 문질러 가며 매장
을 한 바퀴 돌고는 아무것도 집지 않은 채 계산대에 줄을 서서 담배
두 갑을 산다.

점원의 인사를 받으며 밖으로 나가자 습한 공기가 몸을 감쌌다.
다케오는 갑갑함을 느끼면서 숨을 깊이 들이마시고 쓰레기통 옆에
섰다.

벗긴 담뱃갑 비닐을 꾸깃꾸깃한 엽서와 함께 버렸다.

다케오는 이미 죽은 자보다 아직 살아 있는 자의 삶이 더 중요하
다고 자신을 다독인다.

그래, 살다 보면 어쩔 수 없는 일도 있는 법이다.

잰걸음으로 집을 향해 반쯤 갔을 때 버스가 다케오를 추월해 갔
다. 다케오가 버스 운전기사였을 때 탔던 버스와는 당연히 차량도
노선도 다르다. 하지만 그는 버스 특유의 배기가스 냄새에 아련한
그리움을 느꼈다.

손바닥에 핸들의 감촉까지 되살아나자 최소한 승용차라도 남겨
둘 걸 그랬다고 생각한다.

아들은 도심에서는 차량 유지비가 비싸니 사용 빈도와 비용을 비
교해야 한다고 다케오를 설득했다. 그러면서 동년배 노인이 일으킨

인사 사고 뉴스까지 들먹여 다케오는 결국 차를 처분하는 데 동의했다. 하지만 역시 자동차는 자신에게 필요한 것이었다.

왜 그때 끝까지 반대하지 않았을까.

깜박하고 모자를 쓰지 않고 나왔더니 두피가 강렬한 햇살에 지글지글 타는 듯했다.


끊임없이 웅성거리는 소리가 좁은 빈소에 울리고 있다.

삼가 조의를 표합니다, 얼마나 상심이 크시겠습니까, 뭐라고 위로를 드려야 할지……. 다케오는 나지막한 대화를 들으면서 염주를 쥐고 있는 아내의 앙상한 손을 응시했다.

부의를 마치고 선 줄이 조금씩 앞으로 움직인다.

친족 자리에는 갓난아기를 데려온 여성이 있었다. 귀여운 아기 목소리가 들렸고, 이어서 아이를 어르는 목소리가 들린다. 사사이의 증손일까?

하지만 연립에서 갓난아기를 본 적은 없었다. 텔레비전 소리까지 새어 나갈 정도라서 옆집에 아기가 왔었다면 모를 리가 없다.

다케오가 줄의 간격을 좁히면서 고개를 들자 마침 앞사람이 물러나는 중이었다.

마침내 상주인 사사이의 아들과 마주하게 되었다.

연립 주민들의 얼굴을 기억하고 있었는지, 아니면 일부러 외우고 왔는지는 알 수 없지만 사사이를 무척 닮은 아들은 다케오와 아내의 얼굴을 보더니 조금 전보다 더 깊게 허리를 숙였다.

"심려를 끼쳐 드려서 송구합니다."

"그런 말씀 마세요. 사사이 씨는 정말 저희에게 잘해 주셨어요."

아내가 울음 섞인 목소리로 말한다.

"냉장고 상태가 이상해지면 사사이 씨가 늘 봐 주셨어요."

"그러셨습니까."

아들의 표정이 살짝 밝아졌다.

"그렇게 말씀해 주시니 아버지도 기뻐하실 겁니다."

연금을 받을 나이가 될 때까지 전파상에서 일했다는 사사이는 실제로 가전제품의 잔 고장에 훤했다. 냉장고뿐만 아니라 전등을 수리해 준 이도, 깨진 콘센트 덮개를 다시 달아 준 이도 전부 사사이였다.

수고비라도 주고 싶다고 했지만 사사이는 서로 돕는 거라며 실비 외에는 받으려고 하지 않았다. 대신 아내가 점심이나 저녁 식사를 챙겨 주면 싱글벙글하며 기뻐했다.

좋은 이웃이었다고 생각한다.

수리하는 솜씨도 좋았고, 지식을 과시하지도 않았고……. 거기까지 생각하다가 다케오는 문득 이상한 생각이 들었다.

사사이는 왜 전기 요금을 내지 않았을까?

전파상에서 일했다면 공공요금 중에서도 특히 전기가 가장 먼저 끊긴다는 정도는 알고 있었을 것이다.

독촉장 이전에 청구서가 왔을 테고, 애초에 자동이체를 해 두지 않은 이유를 모르겠다. 절차가 귀찮아서 계속 미루고 있었을까?

다케오는 어느새 자신이 책임에서 도망치려는 사고를 하고 있다는 것을 깨닫고 기분이 씁쓸해졌다.

그러는 자신도 카드 요금 납부일을 잊어서 몇 번이나 잔고 부족 통지를 받았고, 나중에 한꺼번에 내려다가 깜박해서 독촉장을 받은 적도 있었다.

'단전'이라는 글자를 보면 당황하겠지만, 바꿔 말하면 그런 상황이 되기 전에는 굳이 입금을 위해 외출하려고는 하지 않는다.

역시 우리가 독촉장을 건네지 않은 탓인가.

알고 있던 것임에도 다시 생각하자 다케오는 기분이 침울해졌다.

사실 자신은 사사이의 장례식에 올 자격도 없는 것이 아닐까.

식사 자리에서는 도저히 음식을 먹고 싶은 마음이 들지 않았다. 조금이라도 먹어야 예의라고 생각하면서도 위가 더부룩하고 식욕이 생기지 않는다.

40명 정도 들어가는 식당에는 선명한 색채의 요리가 놓여 있었다. 다케오는 함께 음식을 먹으며 고인에 대한 추억을 나누는 사람들의 얼굴에 눈의 초점을 맞출 수 없었다.

"난 사사이 씨랑 같이 마트의 특가 판매에 줄을 선 적이 있었어."

연립 주민 중 한 사람이 참깨두부를 먹으면서 말했다.

"아, 나도 그런 적 있어."

다른 주민이 거수를 하듯 젓가락 끝을 올린다.

"사사이 씨는 신문 구독을 안 했잖아. 그래서 내가 신문 전단 정보를 알려 줬더니, 정말로 고맙다면서 민망할 정도로 기뻐했는데."

"쓸데없는 자존심 같은 게 없어서 어울리기 편한 사람이었지."

사사이가 경제적으로 곤란해하고 있었는지도 모르겠다고 다케오는 생각했다.

나이를 생각하면 그런대로 연금도 나왔을 테고, 술 담배도 안 하고 도박도 안 했던 사사이가 그렇게까지 궁핍했다고는 생각하기 어렵다. 하지만 만약 전기 요금을 낼 돈도 없었다면 독촉장을 전달해 주지 못한 것은 크게 상관이 없지 않을까.

또 책임을 회피하려는 건가.

다케오는 자신의 뻔뻔함에 혐오감이 들어서 생각을 떨쳐 버린다.

"안주인이 돌아가신 후로 사사이는 경제적으로 힘들어졌지."

조금 전에 친족 자리에 앉아 있던, 사사이와 동년배로 보이는 남자가 혼잣말을 하듯 대화에 끼어들었다.

"그렇습니까?"

"그랬지. 그때부터 갑자기 아깝다는 말을 입에 달기 시작했어. 얼마 전까지도 그 집에 선풍기밖에 없었어." 남자가 한숨을 쉬며 말한다. "선풍기면 충분하다는 거야. 옛날엔 에어컨 자체도 없었다면서. 그래서 내가 지금의 여름은 우리가 어렸을 때의 여름하고는 달라서 에어컨 안 달면 죽는다고 뉴스에서도 많이 나온다며 설득해서 간신히 에어컨을 사게 했는데……. 설마 안 켜서 죽게 될 줄이야." 이어지는 목소리가 우물거리는 것처럼 들렸다.

옆을 돌아보니 호박 조림을 작게 잘라서 먹고 있던 아내가 고개를 든다.

다케오는 순간적으로 고개를 다시 앞으로 돌리고 거품이 사라진 맥주를 단숨에 비웠다.

미지근해진 맥주는 쓴맛이 무척 강하게 느껴졌다.


"뭔가 잊어버린 게 없나⋯⋯." 아내가 그 말을 하기 시작한 것은 장례식에 다녀온 이튿날부터였다.

지루하게 이어지는 정보 프로그램을 보면서 식후 담배를 즐기고 있는데, 녹차에 우메보시를 넣고 있던 아내가 문득 고개를 갸웃거렸다.

"뭔가가 뭔데?"

평상시에는 추궁하는 듯한 말투가 되지 않도록 조심했는데, 무심코 다케오의 말이 거칠어졌다.

아내의 시선이 허공을 헤매었다.

"뭘까⋯⋯ 뭔가 중요한 일이었던 것 같은 기분이 드는데."

다케오는 입에 머금고 있던 담배 연기를 환풍기 쪽으로 뿜는다.

"커피 아니야?"

"커피?"

"커피가 거의 떨어졌다고 했잖아."

"아, 맞다."

얼굴에 와이퍼를 작동시킨 것처럼 아내의 표정이 또렷해졌다.

"그랬었지. 짜증 나. 장 보러 갈 때 분명 잊지 말아야지 생각했을 텐데."

"슬슬 산책이나 다녀올까 하던 중이야. 나가는 김에 사 올게."

"여보, 산책이라니. 이렇게 더운데……."

아내의 눈에 불안한 기색이 떠오른다.

건망증이 심해지면서부터 아내는 종종 혼자 남겨지는 것을 아이처럼 두려워하게 되었다.

적극적으로 붙잡지는 않지만 아내는 여러 가지 이유를 들면서 외출을 막으려고 한다.

"그리 오래 걷지는 않아."

"하지만 열사병이라도 걸리면……."

그렇게 말한 순간 아내의 동공이 흔들렸다.

다케오는 담배를 쥔 손에 힘을 주었다.

아내의 눈동자가 허공을 한 바퀴 돌았고, 생각이 날 듯하다가 사라져 어쩔 줄 모르겠다는 듯 멈추더니 다시 멍하니 흐려졌다.

"올 때 아이스크림도 사 올게."

다케오가 말하자 아내가 고개를 휙 들었다. 희색이 도는 그 표정이 정말로 아이 같아 다케오는 쓴웃음을 짓는다.

"그럼 다녀올게."

다케오는 짧게 말하고 지갑과 모자만 든 채 집을 나섰다.

사사이가 실려 나간 뒤에도 한동안 남아 있던 이상한 냄새는 청소 회사가 들어가자마자 거슬리지 않게 되었다. 냄새가 없어진 것인지, 코가 익숙해진 것인지 알 수 없다.

푹푹 찌는 공기 속을 걷고 있자 독촉장 일도 사사이의 죽음도 모두 악몽을 꾼 듯한 기분이 든다.

장을 보고 돌아가면 연립 앞에서 아내와 사사이가 웃으면서 이야기를 나누고 있지는 않을까.

하지만 커피와 아이스크림을 사서 연립으로 돌아왔을 때 옆집 문패는 사라지고 없었다.

커튼을 떼어 낸 창문으로 텅 빈 실내가 보인다.

그는 고개를 숙여 열쇠로 문을 열고 자신의 집으로 들어갔다.

"어서 와요."

주방에 있던 아내가 얼굴을 내밀며 안심한 표정을 지어 보인다. 다케오는 "응." 하고 짧게 대답하고 비닐봉지를 아내에게 건넸다.

다케오가 등을 돌린 채 신발을 벗고 있는데 "어머, 아이스크림!" 하고 들뜬 목소리가 들렸다. "게다가 커피도. 다행이다. 마침 슬슬 사야겠다고 생각하고 있었는데."

다케오는 작게 고개를 끄덕이고 차가운 보리차를 받아 들었다.

그가 목을 젖히고 들이켜자 몸의 세포가 안에서 되살아나는 듯한 느낌이 들었다.


아내는 종종 "뭔가 잊어버린 게 없나." 하고 물어보게 되었다.

다케오는 그때마다 우동 유통기한 다 되어 간다고 하지 않았냐라는지, 그 방송 보고 싶다고 하지 않았냐라는지, 아까 화장실 불 끄는 거 깜박했다든지 하고 적당히 대답한다.

아내는 '그거였나?' 하며 잠시 의아한 표정을 짓다가 '맞아, 그랬지.' 하고 이내 수긍했다.

"나 싫지? 건망증이 심해서."

"나도 그래, 별 차이 없어." 장난처럼 말하는 아내에게 다케오는 그렇게 대꾸한다.

단지 불안할 뿐이라는 것을 알면서도 아내가 그 말을 할 때마다 좁은 발판으로 내몰리는 듯한 기분이 들었다.

이런 나날이 언제까지 이어질까.

아니, 앞으로 상황은 더욱 나빠질 것이다.

아내는 가스 불 끄는 것을 잊을까 두려워서 혼자 있을 때는 불을 사용하지 않는다. 하지만 이대로 증상이 진행되면 혼자 있을 때는 불을 사용하지 않는다는 것 자체를 잊을지도 모른다.

게다가 배회하는 단계가 시작되면 혼자서는 도저히 돌봐 줄 수 없게 될 것이다. 자신도 언제까지 건재할지 장담할 수 없다.

그렇게 되면 시설로 들어가는 방법밖에 없다.

사실 시설이라는 선택지는 아들이 죽은 후부터 생각하고 있었다.

하지만 연금만으로 비용을 충당할 수 있는 곳을 찾다가 늘 도중에 지쳐 버린다.

어딘가 상담 창구가 있으리라 생각하지만, 그것을 찾아보는 것도 귀찮아서 미루다가 시간이 흘렀다.

언젠가 입소 비용이 필요해질 때를 대비해 준비해 둔 돈도 조금씩 줄어들고 있었다.

악몽을 꾸는 날도 많아졌다.

꿈속에서 다케오는 버스를 운전하고 있다. 몇 년 동안이나 같은 노선을 돌았고, 신호와 신호 사이를 몇 초에 통과할 수 있는지까지 눈 감고도 말할 수 있을 정도인데, 어째서인지 길을 전혀 알 수 없다. 처음 달리는 길 같은 데다 차내에는 많은 승객이 있다.

무선으로 회사에 연락을 취하려고 해도 무선기가 보이지 않았고, 전봇대나 이정표를 보려고 해도 희미하게 초점이 맞지 않는다.

이 버스는 어디를 달리고 있는 걸까. 어디를 향하고 있는 걸까.

가야 할 방향조차 알 수 없어서 갈림길이 나올 때마다 애가 탄다. 버스 정류장에서 승차한 승객에게 목적지를 물어보지만 돌아오는 대답은 들어 본 적도 없는 지명뿐이라 도움이 되지 않는다. 결국은 길을 잘못 들었고, 승객의 거센 항의가 시작된다. 다케오는 비명을 지르고 싶어지고 그 순간 잠에서 깨는 것이다.

사실 아내는 기억을 할 수 있는 게 아닐까 생각한 적도 있었다.

모든 것을 알고 있으면서 자신을 시험하고 있다.

그리고 자신이 속일 때마다 무언가를 확인하고 있다.

하지만 이제 와서 사실을 말할 수도 없었다. 최근에는 공공요금 납부에 관한 화제조차 피하고 있다.

전기 요금 계좌 이체 영수증도 아내의 눈에 띄기 전에 회수했다.

다케오는 우편함에서 꺼낸 8월분의 전기 요금 영수증을 책상 서랍에 넣으려다가 갑자기 손을 멈췄다.

금액이 눈길을 끌었다.

〈8,837엔〉

이상하게 조금 나왔다고 생각했다.

이번 달만큼 에어컨을 사용하지 않았던 7월에도 1만 엔이 넘게 나왔던 것 같은데.

서랍을 뒤져서 7월분 영수증을 꺼내 보니 역시 1만2천 엔 가까이 나왔었다.

아니, 7월분이 너무 많이 나온 건가?

자동이체를 해 두어서 지금까지 신경 쓰지 않았는데, 생각해 보니 아들과 함께 살았던 때라면 몰라도 방 두 칸짜리 연립에 단둘이 사는데 이 요금은 너무 많다는 기분이 들었다.

아무리 에어컨이 구형이라서 소비 전력이 많다고 해도 이건…….

"무슨 일 있어?"

갑자기 등 뒤에서 소리가 들려 깜짝 놀라 돌아보았다. 아내가 고개를 갸웃거리며 다케오의 손끝을 살펴보고 있다.

순간적으로 영수증을 뒤집으려고 했지만, 그랬다가는 오히려 의심 살 수 있다는 데에 생각이 미쳤다.

"별일 아니야. 그냥, 이번 달 전기 요금이 적게 나왔길래."

"어머, 정말?"

아내가 눈을 깜박인다.

"왜 그럴까."

"는 것도 아니고 준 거니까 뭐."

다케오는 이야기를 끊으려고 했지만 아내는 영수증을 뚫어지게 응시하고 있다.

"뭔가 고장 난 게 있을지도 모르지."

어쩔 수 없이 다케오는 떠오르는 대로 말했다.

"뭔가라니?"

"글쎄, 가전제품이나 뭐나."

최근에 갑자기 사용할 수 없게 된 가전제품도 없었고, 의식적으로 절약하려고 하지도 않았다. 변화가 있다면, 모르는 새에 무언가가 고장 나서 전기를 소비하지 않게 되었을 가능성 정도밖에 떠오르지 않았다.

"가전제품? 하지만 고장 난 건 없지 않아?"

"그런 거 같은데."

다케오는 머리를 긁적였다.

이 집에 있는 가전이라고 해야 에어컨, 텔레비전, 전자레인지, 전기밥솥, 냉장고, 전등 정도다. 청소기, 드라이어, 다리미도 있지만 그런 것들은 사용할 때만 콘센트에 꽂을 뿐이고, 애초에 전기 요금을 좌우할 정도도 아니다.

수천 엔의 전기 요금이 발생하는 가전제품으로 가장 먼저 떠오르는 것은 에어컨이지만 에어컨은 오래됐을 뿐 고장나지는 않았다.

오랫동안 그대로 사용했고 수리도 하지 않았다.

하지만 그러고 보니 최근에 한 번 누전차단기가 내려간 적이 있었다는 사실이 떠올랐다.

지난달 초에 에어컨과 전자레인지, 전기밥솥, 전기 포트를 동시에 사용했더니 차단기가 내려갔다.

얼른 차단기를 올렸지만 전기밥솥 전원을 다시 켜는 것을 깜박해서 밥솥의 쌀을 버린 적이 있었다.

그때 어떤 다른 가전제품도 손상을 입어 고장이 났는지 모른다.

"사사이 씨에게 물어볼까?"

다케오는 깜짝 놀라 아내를 보았다.

하지만 아내는 자신이 이상한 말을 했다는 자각이 없는지 진지한 얼굴로 실내를 둘러보고 있다.

다케오는 등줄기가 서늘해지는 느낌을 받았다.

증상이 악화된 게 아닐까?

여태 건망증의 기복은 있었지만 어디까지나 일상의 소소한 것들에 한했다.

아내는 무의식중에 사사이의 죽음을 잊으려는 게 아닐까.

생각해 보면 아내의 건망증이 시작된 것은 아들 가즈오가 세상을 떠난 후부터였다.

슬픔 속에서 날마다 눈물로 지샀지만, 그래도 조금씩 안정을 찾았다. 그러더니 언제부턴가 아들 일을 언급하지 않게 되었다. 그 대신 멍하니 허공을 응시하는 시간이 늘었다.

아내 나름대로 죽음을 받아들이는 방법이려니 생각했다. 하지만 몇 분 전에 이야기한 것조차 잊어버리는 상황이 되었고, 더 이상 낙관만 하고 있을 수는 없었다.

다케오가 수면제를 처방받자고 병원으로 유도했고, 가벼운 인지장애라는 진단을 받은 것이 지금으로부터 4년 전이다.

그 후 아내는 병원을 싫어하게 되었고, 다케오도 억지로 데려가지 않았다.

"내가 물어볼게."

다케오가 그렇게 말하자 아내는 "그래?" 하며 고개를 갸웃한다.

사사이와는 아내가 더 친했으니까 자신이 나서는 것을 부자연스럽게 느꼈는지도 모른다. 하지만 아내는 "전기에 대해서 난 잘 모르니까 당신이 물어보는 게 좋겠네." 하며 웃었다.

사실 다케오는 원인을 확인할 생각 따윈 없었다. 뭐가 고장이 났건 현시점에서 딱히 불편한 것은 없었다.

그리고 얼마 후 전기 기사를 부르게 된 것은 그것과 상관없이 에어컨 상태가 나빠졌기 때문이었다.

에어컨을 계속해서 틀어 놨기 때문인지 찬바람이 약해졌고, 가끔 웅웅거리는 소리가 났다.

이미 9월에 들어서기는 했지만 이 상태로는 늦더위를 넘길 수 없겠다 싶어서 지역 광고지에 나와 있는 전파상에 연락했다. 비슷한 에어컨 수리 의뢰가 많아서 며칠 기다려야 한다고 했지만, 우리가 80대 부부라고 하자 어렵게 시간을 내서 보러 와 주었다.

전기 기사는 에어컨 덮개를 열고 뭔가 작업을 하더니 순식간에 수리를 끝냈다.

"정말 감사합니다." 다케오가 그렇게 말하며 수리비를 내밀었다.

"아직 더위가 한참 남았잖아요. 열사병도 걱정되고 해서." 전기 기사는 그렇게 말하며 이마에 솟은 땀을 닦았다.

"옆집에 계신 분이 지난달에 열사병으로 돌아가셨어요."

아내의 말에 다케오는 자신도 모르게 고개를 돌렸다.

하지만 아내는 전기 기사에게 시선을 고정한 채 말을 이었다.

"그래서 에어컨을 아끼면 안 되겠다고 생각해서 계속 틀어 놨다가 고장이 난 거예요."

"무섭네요."

전기 기사가 걱정스러운 표정으로 말했다.

"이 일을 하다 보면 여름에 에어컨 수리를 의뢰하시는 분들이 꽤 많아요. 하지만 곧바로 대응하기가 힘드니까 한여름이 되기 전에 미리 에어컨이 작동하는지 확인해 달라고 손님들에게 부탁드리고 있습니다만."

"그렇겠군요." 다케오가 맞장구를 쳤다.

대화가 끊긴 것을 신호로, 그럼 가 보겠다며 현관으로 향하는 전기 기사를 배웅하고 있는데, 아내가 갑자기 "아!" 하고 목소리를 높인다. "고장난 게 또 없으려나."

"네?"

신발을 신고 있던 전기 기사가 돌아보았다.

"지난달에 전기 요금이 갑자기 줄었어요."

"하아⋯⋯."

아내의 말에 다케오는 난처한 표정을 짓는다.

"혹시 오래된 가전제품이 전기를 허비하고 있다가 그게 고장 나서 전기 요금이 준 게 아닐까 하고, 우리 바깥양반이."

다케오는 귀가 뜨거워지는 것을 느꼈다.

"아니, 그냥 문외한의 생각입니다."

이런 어리석은 생각을 전문가에게 말하다니 진심으로 부끄럽다.

전기기사는 "흐음." 하며 잠시 생각했다. "혹시 준 금액이 어느 정도입니까?"

"대략 삼천 엔 정도입니다만."

"삼천 엔?"

전기 기사의 말꼬리가 올라간다.

"꽤 큰 금액이네요. 이 집에서 그 정도의 전기를 소비하는 가전은 없어요. 기껏해야 에어컨 정도일 텐데."

"하지만 에어컨 상태가 나빠진 건 외려 전기 요금이 준 후였고."

다케오가 최근 몇 달 치의 전기 요금 영수증을 내밀자 전기 기사가 영수증을 받아 읽어 본다.

"왜 그럴까요. 일단 잠깐 살펴보겠습니다."

전기 기사는 다케오에게 영수증을 돌려주고, 먼저 현관 입구의 분전함을 살펴보았다.

다시 실내로 돌아와 콘센트 하나하나를 확인해 간다.

드라이버로 나사를 빼내고 덮개를 열어 가는 모습을 지켜보면서 다케오는 조금 미안한 기분이 들었다. 크게 불편한 것도 아닌데 이렇게 사람을 고생스럽게 하다니.

그만해도 된다고 말하려는 순간이었다.

"어?"

전기 기사가 이상하다는 듯 벽 쪽 콘센트 안을 들여다본다.

다케오는 아내와 얼굴을 마주 보았다.

무슨 문제라도 있는가 싶어서 다케오는 눈살을 찌푸리며 돌아보았다.

"저, 무슨 문제라도……."

"이거, 아무래도……."

전기 기사는 잠시 머뭇거리더니 결심한 듯 입을 열었다.

"옆집에 도전盜電되고 있었던 듯합니다."


도전이라는 말이 무슨 의미인지 다케오는 곧바로 이해가 되지 않았다.

"도전?" 다케오는 앵무새처럼 따라 했다.

"도전, 전기를 도둑질하는 것입니다."

전기 기사가 그렇게 설명했지만 다케오는 여전히 의미가 다가오지 않는다.

"도둑질이라니…… 사사이 씨가?"

아내도 눈을 동그랗게 떴다.

전기 기사는 다시 콘센트를 바라보며 "네." 하고 낮은 목소리로 대답한다. "이런 공동주택에서는 보통 벽 속으로 전기 배선이 지나가거든요. 그런데 이 콘센트를 잘 보세요. 안쪽 케이블 한쪽이 옆집 벽의 구멍으로 들어가 있어요."

다케오는 전기 기사가 시키는 대로 안을 들여다본다.

어두워서 잘 보이지 않는다. 하지만 전기 기사의 손끝을 응시하자 케이블 끝이 사사이의, 아니 과거에 사사이가 살았던 방으로 뻗어 있는 것이 보였다.

"옆집을 직접 본 것이 아니라서 확실하지는 않지만 이 집에서 뻗어 간 케이블 끝이 옆집 삽입구에 꽂혀 있을 겁니다."

전기 기사가 고개를 든다.

"옆집 분이 지난달에 돌아가셨다고 하셨죠? 도전된 전기가 없어져서 전기 요금이 준 게 아닐까 합니다만."

"아니…… 그럴 리가."

다케오의 목소리가 잠긴다.

"사사이 씨 집에 분명 전기 요금 청구서도 발송되고 있었고……"

다케오는 그렇게 반론하다가 독촉장 엽서가 뇌리에 떠올랐다.

〈단전 대상 전기 미납 금액 2,942엔〉

무언가가 걸렸다.

생각해 보니 그 금액은 너무 적었다.

아무리 혼자 산다고 해도 평범하게 생활하면 월에 적어도 5, 6천 엔은 나온다……. 거기까지 생각하고는 숨을 삼킨다.

차액 3천 엔. 정확하게 우리 집 전기 요금이 변화한 액수와 동일하지 않은가.

"대체 언제 이런 장치를 해 놓은 걸까요?"

전기 기사는 다시 콘센트를 들여다본다. "혹시 짚이는 바가 있습니까?"

"아니요, 사실 사사이 씨는……."

말이 나오다가 멈춘다.

'그래, 사사이는 원래 전기 기사였지.'

우리 집 가전제품을 수리해 준 사람도, 깨진 콘센트 덮개를 다시 달아 준 사람도 모두 사사이였다.

사사이에게는 우리 집 콘센트를 만질 기회가 몇 번이나 있었다.

"삼천 엔이라는 금액을 봤을 때, 이웃분께서는 에어컨만 여기에 연결했던 것으로 생각됩니다만."

전부 연결해 버리면 이쪽 집의 전기 요금이 너무 많이 나와 이상하게 생각할 위험도 있었을 터라고 말하는 그의 목소리가 얇은 막으로 가로막은 것처럼 멀어져 간다.

에어컨……. 다케오는 망연한 표정으로 눈을 크게 떴다.

우리 집 차단기가 내려간 날, 그게 언제였더라.

지난달 초순……. 사사이가 사망한 즈음이 아니었나.

그때 차단기가 내려가면서 전기밥솥의 전원이 꺼져 버렸고, 쌀을 버렸었다.

차단기를 올려도 한 번 꺼진 전원은 돌아오지 않는다.

사사이가 만약 우리 집 전기로 자신의 에어컨을 사용하고 있었다면, 차단기가 내려갔을 때 전원이 같이 꺼졌을 것이다.

건물 주인은 사사이가 에어컨을 켜지 않고 낮잠을 자고 있었다고 했다. 잠든 상태라서 에어컨이 꺼진 것을 깨닫지 못했다…….

속에서 무언가가 꿈틀거리는 것을 느낀다.

결국 사사이는 요금 미납으로 전기가 끊겨서 열사병을 일으킨 것이 아니었다.

제멋대로 남의 집 전기를 훔쳤다가 차단기가 내려가는 바람에 그렇게 된 것이라면…… 어떤 의미에서는 자업자득이 아닐까.

다케오는 어렴풋이 안도감을 느끼는 한편, 무엇을 어떻게 생각하면 좋을지 알 수 없게 되었다.

아내가 내준 음식에 기뻐하던 사사이와, 아무렇지 않은 얼굴로 우리 집 전기를 훔쳐 쓰던 사사이……. 어느 쪽이 본모습이었을까.

아내를 쳐다보니 아내는 이야기를 듣고 있는지 아닌지 알 수 없는 멍한 표정으로 허공을 보고 있었다.

'아, 또 시작됐구나.' 다케오는 생각했다.

최근 들어 이런 시간이 조금씩 늘어나는 듯한 느낌이 든다.

"어떻게 할까요? 옆집에 연결된 배선을 끊을까요?"

전기 기사가 다케오를 보며 말했다.

"아니면 혹시 피해 신고를 하실 생각이시면 증거로 남겨 두겠습니다."

"아니…… 됐습니다. 끊어 주십시오. 조만간 새로운 입주자가 들어올 테고."

다케오는 고개를 저었다.

어차피 사사이는 죽었다.

사사이의 아들에게 말하면 돈은 돌려줄지 모르지만 부친을 잃고 낙담해 있을 아들에게 이런 이야기를 해 봐야 씁쓸한 기분만 남을 뿐이다.

게다가 불가항력이기는 해도 우리 집 차단기가 내려가지 않았다면 사사이가 죽는 일도 없었을 것이다. 그런 이유로 오히려 원망을 듣게 된다면 그것도 골치 아프다.

그래 봐야 한 달에 약 3천 엔. 그것도 에어컨을 사용한 달뿐이라면 피해 액수가 그리 큰 것도 아니다.

생각하다 보니 허무한 기분이 들었다.

사사이는 겨우 몇천 엔 때문에 이런 짓을 했다는 건가.

생전에 발각되었다면 일이 커졌을 것이다. 경찰이 관여하는 사건이 될 수도 있고, 그렇지 않더라도 언제 발각될지 모르는 불안감과 죄책감이 사사이를 늘 감싸고 있었을 터이다.

한 달에 3천 엔이라는 액수가 과연 거기에 합당한 액수였을까.

다케오는 현관에서 전기 기사를 배웅하고는 돌아서서 실내를 둘러보았다.

텔레비전, 에어컨, 세탁기, 식탁, 책상, 찬장, 전기밥솥…… 예전 집에서 가지고 온 것이 대부분이지만 몇 가지는 중고 가게에서 구입한 것이다.

어차피 같은 물건이라면 싼 편이 낫다. 그런 생각으로 중고 가게에서 고른 물건들은 어느 것이나 낡았고 통일감이 없었다.

장례식장에서 들었던 말이 문득 뇌리에 떠올랐다.

'아까워.'

단지 그것뿐이었을 거라고 다케오는 생각한다. 그 기분을 모르는 것도 아니었다.

요즘 에어컨은 전력 소비가 크지 않다고 아무리 설명해 줘도, 느낌으로는 엄청나게 낭비를 하는 듯한 기분이 든다. 에어컨에서 차가운 바람이 나올 때마다 돈도 같이 나가는 듯한.

그래서 사사이는 받기로 한 것이다.

부담 없이 언제든 에어컨 전원을 켤 수 있도록.

죄책감은 없었을 것이다.

처음에는 분명 전기 수리에 대한 수고비를 받는 정도의 기분이었을 테고, 그 이후에는…… 그냥 잊었던 것이 아닐까.

그것이 당연한 일상이 되면 의식조차 하지 않게 된다. 가끔 문득 생각이 나더라도 다시 잊어버리면 그만이다.

그렇다, 살다 보면 어쩔 수 없는 일도 있게 마련이다.

"여보."

아내의 목소리가 옆에서 들렸다.

생기 없는 텅 빈 눈이 다케오를 향한다.

"뭔가 잊어버린 게 없나."

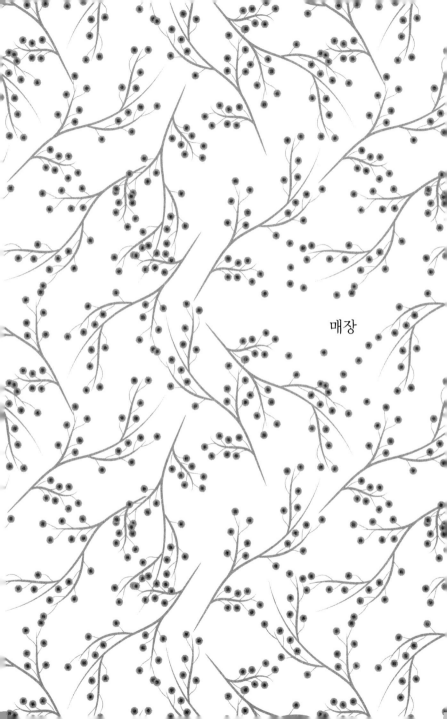

매장

처음 보았을 때부터 시체에 어울릴 듯한 숲이라고 생각했다.

나무가 울창해서 어둑어둑하고, 습한 땅 위에는 마른 잎과 가지가 쌓여 있다.

고개를 젖히면 신의 계시인 듯 나뭇잎 사이로 한 줄기 햇살이 비치고, 콧구멍에 달라붙는 희미한 곰팡이 냄새는 어딘가 향수를 자아낸다.

그중에서도 눈에 띄게 그림 같은 뒤틀린 나무 옆에 두 남자가 있었다. 젊은 남자가 땅에 삽을 꽂고 지렛대 원리로 흙을 파낸다. 푹, 파삭, 푹, 파삭. 규칙적인 소리의 속도가 떨어지지 않는 이유는 이미 한 번 뒤엎어 놓은 흙이기 때문이다.

다섯 명이 달라붙어 필요한 크기의 구덩이를 단숨에 판 후 부드러워진 흙으로 다시 메우고 그 위에 낙엽과 나뭇가지를 덮어 두었다. 지금 그것을 다시 파고 있을 뿐인 남자는 지나쳐 보일 만큼 숨을 헐떡이며 목에 두른 수건으로 거칠게 얼굴을 닦고 있다.

스포츠를 즐기고 있는 것 같은 건전함과 대비되는 어두운 두 눈동자. 흙이 살짝 묻은 뺨과 이마에 길게 달라붙은 젖은 앞머리에서 어딘가 도착적인 욕구가 느껴진다.

"여기!"

젊은 남자가 허공을 향해 소리를 지른 후 돌아본다.

그의 시선 끝에는 몸을 웅크린 남자가 있다. 낡아 빠진 양복에 비뚤어진 넥타이. 하지만 남자가 신경질적으로 만지작거리고 있는 손목시계는 어울리지 않게 고급스러웠고, 손마디가 불거진 기다란 손가락 끝의 손톱은 단정했다.

젊은 남자가 턱짓으로 차를 가리켰다.

중년 남자는 우스꽝스러울 만큼 허둥대는 동작으로 차로 뛰어가 트렁크를 열었다.

트렁크 안에는 젊은 여자 시체가 있었다. 등이 깊게 파인 타이트한 핏빛 드레스는 여자의 육감적인 몸매를 더욱 도드라지게 강조하고 있다.

트렁크 크기에 맞춰 접힌 다리는 간신히 팬티만 가린 채 노출되어 있었고, 부자연스럽게 꺾인 목에는 풍성한 곱슬머리가 아름다운 목선을 해치지 않을 만큼만 감겨 있다.

젊은 남자가 여자의 발을 잡고 중년 남자가 여자의 겨드랑이에 팔을 넣었다. 미끄러지듯 끌려 나온 시체는 그대로 구덩이를 향해 옮겨진다.

젊은 남자가 몇 발자국 걷다가 발을 고쳐 잡으며 내뱉었다. "살 좀 빼 둘 것이지, 돼지 같은." 중년 남자는 필사적으로 시체를 외면하고 있다.

시체는 구덩이 안으로 구르듯 떨어졌다. 남자들이 그 위로 흙을 덮는다. 먼저 가슴 위에, 그리고 힘없이 떨군 옆얼굴에……

"컷!"

오사키 유야는 배에 힘을 주고 외쳤다.

순간 억눌려 있던 주위의 공기가 부드럽게 부풀어 오른다. 하지만 팽팽했던 실을 순식간에 끊어 낸 것은 스태프뿐이었고, 그 중심에 있던 두 배우는 아직 자신이 맡은 역할의 표정 그대로였다. 몇 초 만에 젊은 남자 무라야마 마사오를 연기하는 고지마 이쿠토의 자세가 풀어진다.

고지마는 어색한 웃음을 지었고, 자신의 표정 변화에 맞추듯 몸을 감싸고 있던 공기의 색채를 부드럽게 했다.

하지만 아직 완전히 역할에서 빠져나오지 못한 듯했으며, 그러한 자신에 당혹감을 드러내며 구덩이를 향해 묻는다. "미안, 괜찮아?"

오사키는 다시 모니터를 향한 채 입꼬리를 살짝 올렸다.

국민적 아이돌 그룹인 '미닛 5'의 고지마 이쿠토는 솔직히 다섯 멤버 중에서는 조금 부족한 감이 있는 존재였다.

춤과 노래 실력이 월등한 리더 이시가미 슌스케, 외모가 가장 빼어나고 단단한 연기력을 지녀 영화나 드라마의 러브콜을 받고 있는 이케다 신페이, 정평 난 말솜씨에 다수의 예능 방송에서 진행을 맡고 있는 스가노 다케시, 라이브나 SNS에서 세심한 팬서비스로 호감도를 높이고 있는 도미타 유즈루. 각각 독자적인 노선으로 위치를 공고히 하는 다른 멤버에 비해 고지마 이쿠토는, 이렇게 말하기 뭐하지만, 모든 것이 어중간했다.

친근감 있는 얼굴에 연기력과 가창력도 나름대로 갖추고 있다.

딸랑이 캐릭터로 웃음을 유발해서 예능 방송에서도 선호하며, 최근에 시작한 인스타그램도 부지런히 업데이트하고 있다.

하지만 똑 부러지게 두각을 나타내는 분야가 없다 보니 그룹에서 벗어나 개별적으로 활동하게 되면 아무래도 존재감이 옅어진다. 한마디로 대체 불가한 개성이 없다.

이 영화에서 고지마를 기용하게 된 것도 오사키가 원해서가 아니라 캐스팅 회사의 제안이었다. 담당자는 '미닛5'의 고지마 이쿠토를 출연시킨 것에 크게 흥분했고, 물론 오사키로서도 고지마같이 인지도가 높은 인물이 들어와 줘서 고맙다고 생각했다. 하지만 한편으로는 실망감과 불안감이 없었다면 거짓말이다. 자신 같은 무명 감독에게는 주제넘은 말임을 알기에 내색은 하지 않았지만 원래 배역의 이미지와 고지마는 거리가 너무 멀었다.

하지만 예상외로 이번 역할은 고지마에게 맞아떨어졌다.

경박하고 폭력적이고 정체를 알 수 없는 살인자. 천성적인 애교가 오히려 불쾌한 느낌의 위태로움을 자아낸다.

고지마 자신도 반응을 느끼고 있을 것이다. 촬영이 진행될수록 몰입해 가는 모습이 눈에 보였다.

이번 장면에서의 '살 좀 빼 둘 것이지, 돼지 같은.'이라는 대사도 대본 단계에서는 매니저가 난색을 보였다. 여고생 팬이 압도적으로 많은 고지마의 호감도가 떨어질 수도 있다는, 어떤 의미에서는 지당한 의견이었다. 하지만 고지마는 그 의견에 반대했고, 오히려 원래 '살 좀 빼, 돼지 같은.'이었던 대사를 '살 좀 빼 두지.'가 좋지 않겠냐고 제안했다. 시체로서 운반될 것을 예상하고 미리 살 좀 빼 놓으라고 말하는 느낌이 들지 않으냐며. 더 뻔뻔하고 난해한 인상을 주지 않을까 생각한다며.

'이 영화는 분명히 좋은 작품이 된다!'

오사키는 마음 깊은 곳에서 흥분이 솟아오르는 것을 느끼면서 스태프에게 바쁘게 지시를 내렸다. 카메라 위치를 조정하고, 묻혀 있는 여자 시체를 다양한 각도에서 촬영한다. 허벅지, 발가락, 손등. 그리고 다시 시체의 자세를 바꿔서 등, 엉덩이, 허벅지 안쪽.

영화로서의 외설적인 느낌을 꼭 담고 싶었다. 단순한 관객 서비스가 아니라 이 부분이 죽음을 가장 직접적으로 느끼게 하는 장면이기 때문이다. 관객이 조금이라도 성적인 흥분을 느낀다면 사람을 죽이고 매장하는 가장 큰 패악 속에 숨어 있는 감미로움과 꺼림칙함을 공유하게 할 수 있다.

찍고 또 찍기를 반복해서 마침내 원하는 장면을 다 갖춘 후, 시체역의 사카모토 유키를 구덩이에서 꺼냈다.

"이번 장면을 끝으로 사카모토 유키 씨의 촬영은 끝났습니다!"

조감독이 현장 사람들에게 말하면서 오사키에게 꽃다발을 건네러 왔다. 오사키는 건네받은 꽃다발을 사카모토를 향해 내밀었다. "고생하셨습니다. 덕분에 정말 좋은 장면을 찍을 수 있었습니다, 감사합니다."

사카모토는 환호성을 지르며 꽃다발을 눈부신 듯 바라보았다. 기회를 놓치지 않고 DVD 특별 부록에 삽입할 예정인 메이킹 필름용 카메라가 사카모토에게 다가간다.

"사카모토 씨, 고생 많으셨습니다. 마지막 촬영을 끝낸 기분이 어떻습니까?"

"너무해, 나, 지금 흙투성이잖아."

오사키는 사카모토의 들뜬 목소리를 뒤로하고 다음 촬영을 위해 지시를 내리기 시작했다. 스태프들은 익숙한 듯 능수능란하게 준비를 진행해 간다.

오사키는 너덜너덜해진 대본을 펼쳤다. 사실 대본을 몽땅 외우고 있어서 굳이 볼 것도 없었다. 하지만 왠지 수많은 메모가 적힌 대본이 보고 싶었다.

다음 장면만 찍으면 오늘 촬영은 끝이며, 내일은 마침내 크랭크 업이다.

주연은 베테랑 배우인 기시노 노리유키. 그가 연기하는 시시한 중년 남성 히라타 고이치는 고지마가 연기하는 무라야마 마사오에게 휘말려 살인을 저지르지만, 어느새 입장이 바뀌면서 히라타의 폭주에 무라야마가 휘둘리게 되는 스토리이다.

히라타는 사체를 묻기 전까지는 소심한 중년 남성에 지나지 않았는데, 살인이라는 특수한 경험을 하면서 마치 본성을 되찾기라도 한 듯 생기가 넘치기 시작한다. 기괴하다고밖에 볼 수 없는 행동을 하는 히라타를 처음에는 재미있어하던 무라야마도 서서히 그 섬뜩함에 겁을 먹기 시작한다.

그 경계가 되는 것이 지금부터 촬영할 장면인, 시체가 보이지 않게 된 구덩이가 평평해질 때까지 묵묵히 흙을 덮어 가는 두 사람의 구도다. 대화 없이 흙이 떨어지는 소리와 숨결만을 담는다.

35초라는 분량 자체는 그리 길지 않다. 하지만 대사가 없는 장면으로서는 조금 버거운 분량을 화면의 아름다움에 집중해 매력적으로 만든다. 전체적으로 동적인 장면이 많은 만큼, 여기에 상상한 그대로의 그림을 넣을 수 있다면 명확한 대비를 만들어 낼 수 있다.

리허설을 끝내고 신호를 주자 다섯 대의 카메라에 둘러싸인 공간은 순식간에 보이지 않는 막으로 덮이고 신성한 공기로 가득 찼다.

오사키는 나열된 모니터를 재빨리 비교하면서 이어폰에 귀를 기울인다.

약동하는 근육의 움직임을 집요하게 쫓는 시점, 각자의 표정을 기록하는 화면, 숲의 크기와 냉기를 표현하는 원경遠景, 그리고 그것들을 덮는 거친 숨결.

완벽한 조화에 자신도 모르게 힘이 실린다. 좋았어, 이대로 조금만 더.

그 순간, 갑자기 귓가에서 무언가가 떨어져 내리는 듯한 세찬 소리가 울렸다.

반사적으로 몸을 웅크리며 이어폰을 뺀다.

깜짝 놀라 두 사람을 보자 고지마가 놀란 표정으로 등 뒤를 돌아보고 있었다. 고지마의 시선 끝에는…… 땅에 떨어진 작은 파랑새.

'새가 떨어진 건가?'

상황을 이해한 순간 혀를 차고 싶은 심정이었다.

모처럼 상상한 그림대로 찍히고 있었는데.

길거리에서 촬영할 때는 자동차 소리와 통행인 목소리가 끼어들어 재촬영하는 경우도 드물지 않다. 하지만 설마 이런 숲속에서, 하필이면 이런 타이밍에 새가 떨어지리라고는.

소리 정도는 나중에 조정할 수도 있다.

바로 근처에 마이크가 있어서 순간적으로 큰 소리가 되어 버렸을 뿐, 대사가 들어가는 신도 아니다. 하지만 문제는 고지마가 반응을 해 버렸다는 점이다. 고지마가 돌아보는 장면이 그대로 찍힌 이상 이 테이크는 사용할 수 없다.

오사키는 깊은 한숨을 쉬고 '컷'을 외치려고 입을 움직인다.

하지만 목소리가 나오기 직전, 담담하게 삽을 움직이고 있는 기시노의 모습이 눈에 들어왔다.

고지마가 자신의 반응을 부끄러워하듯 고개를 숙이고 허둥지둥 작업으로 돌아간다.

이것은…….

목울대가 살짝 움직였다.

이것은, 사용할 수 있지 않을까.

시체를 묻는 중에 갑자기 들려온 소리에, 어떤 의미에서는 사람으로서 당연한 반응을 보인 무라야마와 아무런 동요도 없이 작업을 계속하는 히라타……. 자신이 표현하고 싶었던 두 사람의 변화가 더할 나위 없이 잘 드러나지 않았나.

신을 다 찍고 난 후 영상을 확인하자 두 팔에 소름이 돋았다.

"새 소리는 조정할 수 있나?"

"네, 대사도 없는 부분이어서 자연스러운 음량으로 만들 수 있습니다."

음향 감독의 대답에 오사키는 고양감에 휩싸인다.

"감독님."

고지마가 당황한 모습으로 달려왔다.

"죄송합니다, 제가……."

"아니야, 괜찮아. 오히려 잘 나왔어."

오사키는 진심으로 말하며 고지마에게도 영상을 보여 준다.

"……기시노 씨는 전혀 움직이지 않았네요."

고지마는 모니터를 향한 채 조그맣게 중얼거렸다.

정말로 어디까지 배역에 몰입하면 이런 연기가 가능할까. 이 장면에서 새가 떨어진다고 미리 말했다고 해도 전혀 반응하지 않기는 힘들 것이다. 그리고 원래 계획했던 신이었다면 고지마의 이 반응은 찍을 수 없었을 것이다. 고지마가 진심으로 놀랐다가 순간 자신이 연기에 집중하지 못했다는 사실을 깨닫고 부끄러워하는 모습은 작중인물인 무라야마 마사오 역시 의도적으로 악한 자신을 '연기하며' 살아왔다는 것을 드러낸 것처럼 보였다.

최고의 공로자인 새를 보러 가니 이미 죽어 있었다.

비행 중에 무언가와 부딪혀 죽은 것인지, 아니면 나무에 앉아 있다가 수명이 다해 떨어진 것인지 알 수 없다. 하지만 마른 잎 위에 쓰러진 파란 새의 모습은 도저히 우연이라고 믿기 힘들 만큼 영화의 분위기와 맞아떨어졌다. 파랑새라는 것 또한 멋지다. 행복의 파랑새. 마치 앞으로 전개될 미래를 암시하기라도 하듯 두 사람 앞에 나타난 새로운 '사체'에 무라야마는 반응했고, 히라타는 돌아보지도 않았다…….

땅 위에 떨어진 새의 모습도 촬영하게 한 후 오케이를 외치자 조감독이 꽃다발을 들고 종종걸음으로 달려왔다.

"기시노 노리유키 씨, 촬영이 모두 끝났습니다!"

"기리노 씨, 정말로 감사했습니다."

오사키는 힘을 주어 악수했다. 겨우 이런 말로는 감사의 마음을 다 전할 수 없다. 오사키는 답답함까지 느끼며 덧붙인다. "기시노 씨가 함께해 주시지 않았다면 이 영화는 이 정도의 작품이 될 수 없었습니다."

"감독님, 지금 무슨 소리야. 아직 안 끝났잖아."

기시노는 쓴웃음을 지으며 오사키의 등을 토닥였다.

"나도 좋은 영화에 출연할 수 있어서 감사하고 있어. 자극적인 현장이었어."

"감사합니다."

대답하는 목소리가 살짝 올라간다.

원래 베테랑 배우인 기시노에게 출연을 제안했을 당시부터 그에게 이 영화를 이끌어 줬으면 한다고 말했었다. 다수의 영화에서 주연을 맡았고, 국내 영화상을 휩쓸어 온 기시노가 자기 같은 무명 감독의 영화에 출연해 주는 것 자체가 기적 같은 이야기였다.

기시노가 출연을 결정해 준 덕에 투자금도 모였고, 기획도 단번에 현실화되었다. 자신이 이 정도 규모의 예산으로 영화를 찍을 수 있었던 것도 기시노 덕분이었고, 이 기회를 살리지 못하면 다음 기회는 두 번 다시 없을 것이었다.

서른여섯에 간신히 찾아온 기회인 것이다.

"반드시 좋은 작품으로 완성해 보이겠습니다."

그렇게 다짐한 순간 옆에서 시선이 느껴졌다.

돌아보니 메이킹 필름용 카메라가 돌고 있다. 배우의 촬영 분량이 모두 끝난 순간을 카메라에 담는다는 것을 알고 있었는데도, 그조차 잊고 진심으로 말해 버린 것이 부끄러웠다. 하지만 감독으로서의 객관적인 사고는 '이건 이거대로 괜찮겠는데.'라고 판단하고 있었다.

메이킹 필름 취재에 응하고 있는 기시노를 뒤로하고 오사키는 스태프들에게 철수 지시를 내린다.

"감독님."

그때 등 뒤에서 조심스럽게 부르는 소리가 들렸다.

"죄송합니다만 잠깐 시간 괜찮으십니까?"

프로듀서인 모리모토 다케시가 엄지손가락으로 숲 안쪽을 가리키고는 대답도 기다리지 않고 걷기 시작한다.

"무슨 일이야?"

오사키가 물어보았지만 모리모토는 대답이 없었다. 어쩔 수 없이 뒤를 따라가자 모리모토는 현장에서 1백 미터 이상 떨어진 곳까지

가서야 걸음을 멈췄다.

"이런 곳까지 왜? 비밀 이야기라도 있나?"

굳이 물어볼 것도 없이 다른 사람 귀에 들어가지 않게 하려는 것이겠지만 모리모토의 심각한 표정에 불길한 예감이 들어서 저도 모르게 농담처럼 말한다.

아무리 봐도 주변에 사람이 없는데도 모리모토는 현장 쪽을 힐끗 보고는 목소리를 더욱 낮췄다.

"사실은 기시노 씨에게 불법 약물 투약 의혹이 있습니다."

"뭐?" 오사키의 되묻는 목소리가 갈라졌다. "그게 무슨 소리야? 어? 어떻게 된 거야?"

"마약입니다. 당장이라도 체포될 수 있는 상황이고, 주간지에서도 주시하고 있다고 합니다."

"아니, 잠깐만. 그게 무슨 소리야? 어?"

마약? 체포? 상상도 못 한 상황에 생각이 따라가지 못한다.

"만약 기사가 나오면 영화는 개봉 정지입니다."

순간 머릿속이 새하얘졌다.

"왜……."

간신히 나온 목소리는 갈라져 있었다. 자신도 무엇을 묻고 싶은지 알 수 없다.

"약을 하는 모습이 동영상에 찍혔어요. 그 동영상 일부가 지금 유출돼서 돌고 있고요."

"동영상?"

"이겁니다."

모리모토가 꺼낸 것은 태블릿이었다.

익숙한 동작으로 잠금을 해제하고 메일 화면을 열어 첨부된 동영상을 재생한다.

화면은 아주 어둡고 거칠었다. 몇 명인지는 알 수 있지만 누가 누구인지까지는 판별할 수 없다.

하지만 모리모토가 음량을 높이자 요란한 웃음소리가 귓불을 때렸다.

이 목소리는…….

"기시노 씨-?"

"예이, 기시노-입니다! 크하하하!"

맨손으로 내장을 움켜쥐는 듯한 통증이 온몸에 퍼진다.

남자는 웃으면서 책상 위의 하얀 가루를 빨대처럼 만 종이를 이용해 코로 들이마셨다.

"이런…… 설마."

"정말 믿을 수가 없습니다."

모리모토가 두피를 벅벅 긁는다.

"기시노 씨가 이런 멍청한 짓을 할 리 없고, 유치한 합성이라고 믿고 싶습니다. ……하지만 마약 단속반에서 수사를 시작했다고."

"아니, 하지만."

오사키는 태블릿 위에 손바닥을 올리고 고개를 들었다.

"만약 이게 진짜라면 이미 체포됐겠지. 지금까지 체포되지 않았다는 건 이게 가짜라는 뜻 아닌가?"

"저도 그렇게 생각하고 여기저기 알아봤는데, 동영상만으로는 위조 가능성도 있어서 증거가 되지 않는답니다. 결국, 강제 수사로 약물을 찾지 못하면 체포할 수 없으니까 지금은 마약 단속반에서도 신중하게 때를 노리고 있는 단계가 아닐까 생각한다고."

마약 단속, 마약 단속. ……뭔가 전문용어 같은 울림이 아까부터 귀에 들러붙는다.

오사키는 뻣뻣하게 굳은 목을 움직여 화면이 꺼진 태블릿을 내려다보았다.

"근데 이건 누가 찍은 거지?"

"마약상입니다. 야쿠자죠. 후에 분쟁이 생겼을 때의 보험이거나 협박해서 돈을 뜯어내기 위함이거나, 뭐 목적은 여러 가지겠지만. 어쨌든 이렇게 유출됐다는 건 이미 뭔가 문제가 있다는 뜻이겠죠."

모리모토는 이마를 짚으며 한숨을 쉬었다.

"여하튼 우리 귀에까지 들어왔다면 이제 시간문제입니다. 제가 안다는 건 이미 소문이 퍼져 있다고 보는 게 맞습니다. 제게 알려준 기자 말로는, 본인이 눈치채고 증거를 은폐하기 전에 잡으려고 마약 단속반도 서두르고 있을 거라고."

'만약'이라는 단어가 계속해서 아른거린다.

만약 여기서 기시노가 체포라도 된다면.

영화를 상영할 수 없게 된다.

몇 년을 들여서 수많은 사람을 설득하며 돌아다니고, 간신히 자금을 모아 실현하게 된 영화이다. 이미 촬영도 거의 끝난 마당에 배우를 바꿔 다시 찍는 것은 아무리 생각해도 불가능하다.

주연인 기시노는 꽤 많은 신에 등장한다. 무엇보다 기시노의 연기력이 없으면 이 영화는 성립되지 않는다.

기시노 노리유키와 '미닛5'의 고지마 이쿠토 더블 주연이었기에 충분한 자금을 모을 수 있었다.

자신이 이 정도 규모의 예산으로 영화를 찍을 수 있었던 것은 기시노 덕분이며, 이 기회를 살리지 못하면 다음 기회는 두 번 다시 없다. ……조금 전에 했던 생각이 머릿속을 빙글빙글 맴돌았다.

사람들은 내가 운이 없었다며 동정할 것이다.

당신 잘못이 아닌데 말이지 하며. 하지만 다시 기회를 줄 사람은 없다.

결과물을 내지 못했다. 영화의 세계에서는 그것이 전부다.

"일단 기시노 씨에게 물어봅시다."

오사키의 등에 손바닥의 감촉이 느껴졌다.

"이렇게 체포 전에 정보가 들어온 게 그나마 다행입니다. 지금 바로 기시노 씨가 약을 처분하면 체포되지 않고 끝날지도 모르죠."

오사키는 반가움에 고개를 휙 들었다.

모리모토는 짧게 고개를 끄덕인다.

"그렇게 되면 설사 주간지에 보도되더라도 근거 없는 가십 기사가 될 수 있습니다."


그 이후 어떻게 여관에 돌아왔는지, 배우와 스태프 들과 어떻게 저녁을 먹었는지 오사키는 기억하지 못했다.

그저 머릿속이 굳어 있었고, 웃는 얼굴로 이야기하고 있는 자신과 그 모습을 비스듬히 내려다보고 있는 자신이 분리된 듯한 감각만 있었다.

지금 이러고 있을 때가 아니다. 이러고 있는 동안에도 마약 단속반이나 주간지 기자가 움직이고 있을지 모른다. 기시노는 무얼 하고 있는 걸까. 모리모토는…….

오사키는 마음만 급했고, 고동치는 심장에 구토감까지 느꼈다.

마침내 모리모토에게 연락이 온 것은 회식을 일찍 정리하고 해산한 후 방으로 돌아온 지 30분 정도 지났을 즈음이었다.

오사키는 기시노의 방으로 향하는 동안 끈적거리는 침을 연신 삼켰다.

기시노가 이게 뭐냐고 화를 낼지도 모른다는 생각도 들었다.

이런 거 난 몰라, 당연히 조작된 거지. 이걸 진짜라고 믿었나! 내가 그렇게 신용이 없었다니. 감독에게 이런 의심을 받다니 맥이 풀리는군.

그렇게 화를 내며 호통을 쳐 준다면 얼마나 좋을까.

방에 도착해서 모리모토가 기시노와 기시노의 매니저인 후쿠시마 요코에게 동영상을 보여 주는 동안에도 그런 망상이 머리에서 떠나가지 않았다. 빨리, 빨리 화를 내. 이런 건 거짓이라고 말해 줘. ……하지만 동영상을 응시하는 기시노의 얼굴에는 긴장한 표정이 역력했다.

"기시노 씨, 이건 뭔가 잘못된 거죠?"

모리모토도 애원하는 듯 말했다.

"비슷한 사람을 기시노 씨로 꾸며서……."

"기시노 씨."

하지만 모리모토의 말이 끝나기도 전에 후쿠시마가 절박한 목소리로 말했다.

"확실히 끊었다고 하셨잖아요."

그 순간, 오사키는 휘청하고 바닥이 기우는 것을 느꼈다. 쓰러질 것 같아서 반사적으로 팔을 내저었지만 실제로 몸은 거의 움직이지 않았다.

"기시노 씨!"

모리모토가 비명을 지르듯 소리쳤다.

"끊었다는 건, 했었다는 뜻입니까?"

기시노는 대답도 하지 않고 태블릿에서 얼굴도 들지 않는다.

"기시노 씨."

모리모토가 다시 부르자 "죄송합니다."라고 말한 이는 후쿠시마였다. 오사키보다 조금 적은 나이일 테지만 화장품 회사에서 근무하다 서른을 넘기고 이직했는데도 신입 사원처럼 젊어 보였다.

"사실 기시노 씨는 예전에 미국에 살 때 아주 조금, 그……,"

후쿠시마가 흔들리는 눈동자로 말했다.

"그럼 이게 진짜란 말입니까?"

모리모토가 말끝을 올린다.

"기시노 씨."

후쿠시마가 어깨를 잡고 흔들었지만 기시노는 입을 열지 않았다. 그저 초점 없는 눈을 태블릿에 두고 있을 뿐이다.

그 모습은 망연해 있는 것이 아니라 셔터를 내리고 있을 뿐인 것처럼 보였다.

"기시노 씨."

오사키의 입에서 갈라진 목소리가 새어 나온다.

"영화, 개봉할 수 없게 됩니다."

기시노의 눈동자가 마침내 아주 조금 흔들렸다.

오사키는 가슴이 더 답답해지는 것을 느낀다.

"반드시 좋은 영화를 만들자고 하시지 않았습니까. 오늘만 해도 아주 좋은 영상을 찍어서……."

"면목이 없네."

정면에서 목소리가 들린 순간 머리에 피가 솟구쳤다. 사과를 받고 싶은 것이 아니다. 사과 따위 원하지 않는다. 그따위 말로 조금이라도 면죄될 수 있다고 생각한다면 가만두지 않겠다.

"지금 당장 끊으세요."

자신의 목소리가 아닌 것처럼 차가운 목소리가 나왔다.

"증거가 될 만한 것은 전부 처분하고, 내일이라도 일본을 떠나서 약 성분이 빠질 때까지 돌아오지 마십시오."

"그러면 일을 할 수가……."

후쿠시마가 당혹감을 드러내며 끼어든다.

"당신, 지금 상황 파악이 안 되나!"

오사키는 참지 못하고 소리쳤다.

"감시받고 있다고. 체포되면 어차피 모든 게 끝이야. 일 따위 전부 날아갈 게 뻔하잖아!"

후쿠시마의 어깨가 조금 움찔한다. 그 겁먹은 모습에 더욱 화가 솟구쳤다.

"앞으로 일이 없어지는 것만 문제인 줄 알아? 이 영화도, 드라마도, 광고도 전부 방송할 수 없게 돼. 위약금도 엄청나겠지. 급환이든 뭐든 적당히 둘러대고 스케줄을 조정해. 그걸로 잃는 신용 따위 체포돼서 한방에 무너질 것에 비하면 아무것도 아닐 텐데."

"당장 내일도 늦을 수 있습니다."

모리모토가 낮은 목소리로 덧붙였다.

"가급적이면 지금 당장 움직여야 합니다. 누군가가 자택을 감시하고 있을 테니까 기시노 씨는 집으로 가지 마시고 후쿠시마 씨만 오늘 밤이라도 가서 증거가 될 만한 것은 전부 처분하고 필요한 짐을 챙겨서……."

"그만 됐어."

갑자기 날아온 목소리가 모리모토의 말을 막았다.

오사키는 크게 뜬 눈을 목소리가 나는 방향으로 향한다.

그만 됐다?

기시노는 커다란 손바닥으로 얼굴을 거칠게 비볐다.

"그만 됐다니, 뭐가 말입니까?"

오사키는 목소리가 흔들리는 것을 느낀다. 기시노는 테이블 위의 담배를 집어 입에 물고 불을 붙였다.

깊게 연기를 들이마시고 천장을 향해 길게 내뿜는다.

"기시노 씨, 그만 됐다니 무슨 말입니까?"

"그런 짓 해 봐야 소용없다는 뜻."

"왜죠?"

몸이 안에서부터 미세하게 떨리기 시작한다.

눈앞에서 잔상 같은 것이 찰칵찰칵하고 명멸하기 시작한다.

"왜냐면, 어차피 난 끊을 수 없거든."

기시노가 입술을 일그러뜨리며 담뱃불을 비벼 껐다.

그 순간 잔상이 터지고 시야가 새빨갛게 물든다.

이 인간이 대체, 무슨 생각으로.

"까불지 마!"

정신을 차리고 보니 오사키 자신이 기시노에게 달려들고 있었다.

멱살을 쥐고 일으켜 세운 그를 온몸으로 베란다까지 밀어붙인다.

기시노의 등이 난간에 닿았다. 상체가 조금 뒤로 젖혀진 기시노는 그래도 표정을 바꾸지 않고 비웃는다.

"까불지 말라고!" 오사키는 다시 소리쳤지만 그다음 동작이 이어지지 않아 당황한다.

눈앞의 인간을 어떻게 때려야 하는지 몰랐다.

그것은 배우의 얼굴에 상처를 입힌다는 주저가 아니었다. 단지 자신의 몸을 써 폭력을 사용한다는 것이 어떤 것인지 구체적으로 몰랐을 뿐이다.

뇌리에는 다양한 장면이 떠올랐다. 상대방 몸에 올라타서 마치 커다란 악기를 연주하듯 리드미컬하게 주먹을 내리꽂는 무라야마, 쇠 파이프를 있는 힘껏 휘두르는 히라타, 입가에 미소를 띠며 손가락을 하나하나 분지르는 장면……. 전부 자신이 대본을 쓰고, 메가폰을 쥐고 촬영해 온 장면이었다.

그런데도 몸이 움직이지 않는다.

자신의 내면에는 폭력이라는 '단어'가 없다.

그때 눈앞에서 기시노가 입술을 살짝 비트는 것이 보였다.

다음 순간 눈에 들어온 것은 자신의 양손……

"어?"

작은 목소리가 어딘가 멀리서 들렸다.

기시노의 모습이 사라지고 아래쪽에서 커다란, 엄청나게 거대한 물 풍선이 터지는 듯한 소리가 울려 퍼진다.

난간 바깥쪽을 확인하지 않고도 무슨 일이 벌어졌는지 알 수 있었던 이유는 이번 영화에서도 사람이 추락하는 장면을 찍었기 때문이었다. 인체가 바닥에 부딪힐 때의 소리를 찾아보고, 여러 가지 소리를 비교해 가며 들었다. 그 가운데 하나가 분명 이런 소리였다.

난간에서 내려다본 광경은 예상대로였다. ……이곳은 6층이다. 바닥에 곧장 부딪힌 이상 살아날 가능성은 없다.

방 안으로 고개를 돌리자 창백한 두 얼굴이 보였다. 비명도 지르지 않고, 눈도 휘둥그레지지 않고 그저 시간이 멈춘 것처럼 굳어 있는 두 얼굴.

그 모습을 보자 불현듯 자신이 기시노를 밀어뜨린 이유를 알 것 같았다.

죽이겠다는 의지가 있었던 것은 아니다. 약을 끊으려고 하지 않는 기시노에 대한 분노를 못 이겨서도 아니다.

단지 기시노가 네 영화 따위는 그 정도라고 말하는 듯한 기분이 들었기 때문이다.

태어나서 한번도 폭력을 써 본 적 없는 남자가 상상만으로 만든 폭력 영화 따위는 어차피 그 수준이라고.

그러니 개봉 정지가 되더라도 아까울 것도 없다고.

시야 끝에 무언가가 움직이는 것이 보였다.

모리모토가 베란다로 나가서 바깥 상황을 확인한 후 방으로 돌아온다.

"우선 여기를 벗어납시다."

모리모토가 입술을 거의 움직이지 않고 나지막하게 말했다.

후쿠시마가 무슨 소리냐며 떨리는 목소리로 항변한다. "구급차, 그래 구급차를 불러요."

"이미 늦었습니다."

모리모토는 그렇게 말하면서 실내를 둘러보고는 문 쪽으로 걸어 갔다.

"잠깐만요."

"잔말 말고 빨리!"

모리모토의 고함에 후쿠시마가 깜짝 놀란다. 모리모토는 그대로 복도로 나갔고, 후쿠시마는 주저주저하면서도 그 뒤를 따랐다.

"감독님도 빨리!"

문밖의 재촉 소리에 오사키도 방을 나선다.

모리모토가 종종걸음으로 향한 곳은 안쪽으로 네 번째인 오사키 의 방이었다.

"감독님, 열쇠."

짧은 명령에 오사키가 열쇠를 내밀자 모리모토는 재빨리 잠금장 치를 열고 안으로 들어간다. 그는 그대로 좌식 탁자까지 걸어가 바 닥에 열쇠를 던졌다.

"이곳에서 셋이 있었던 것으로 하죠."

오사키는 안개 낀 머리로 그 말을 듣는다.

"이 일이 사건화되면 감독님은 구속되고 영화는 개봉할 수 없게 됩니다. 기시노 씨의 마약 건도 세상에 드러나겠죠. 저랑 후쿠시마 씨는 법적인 문제는 없겠지만 앞으로 일은 할 수 없게 됩니다."

'아, 그렇구나.' 오사키는 생각했다.

나는 구속당할 일을 한 거구나.

자신이 기시노를 떠밀어 죽였다.

살인범이 된 것이다. 하지만 이렇게 구체적으로 표현해도 전혀 실감이 나지 않는다.

"사고인지 자살인지 사건인지 알 수 없는 단계에서는 일단 경찰에서도 마약 건은 공표하지 않을 겁니다. 다행히 아직 강제수사 전이었고, 설령 부검 결과 약물 반응이 나온다고 해도 고인의 명예를 위해 경찰 발표는 하지 않을 가능성이 높습니다."

"하지만 경찰이 조사하면 사고도 자살도 아니라는 사실이 밝혀지지 않겠어요?"

후쿠시마가 눈을 치켜뜨며 물었다.

"네, 그럴 가능성이 높죠."

모리모토는 순순히 인정한다.

"하지만 적어도 우리가 서로의 알리바이를 증명해 주면 용의 선상에 오르지는 않겠죠." 모리모토는 문에 시선을 주며 말을 이었다. "우리가 기시노 씨의 방에 있었다는 사실을 아는 사람은 아무도 없습니다. 방에 들어갈 때도 나올 때도 본 사람은 없었고, 애초에 그 마약 이야기를 하려고 기시노 씨의 양쪽 옆방을 예약해서 비워 뒀습니다. 혹시 몰라서 'Don't disturb' 팻말도 걸어 두었고, 열쇠도 제가 갖고 있습니다."

후쿠시마의 눈동자가 이리저리 헤매고 있었다. 경찰에게 거짓말을 했을 때의 피해와 솔직하게 말하고 자신이 담당하는 배우의 마약 투약 사실을 공개했을 때, 그리고 자신도 살해 현장에 함께 있었다는 사실이 밝혀졌을 때의 피해를 저울질하고 있음이 분명하다.

오사키는 그렇게 냉정하게 생각하면서 자신이 왜 이렇게 침착한지 또한 의아했다. 살인을 저지른 사람은 좀 더 당황하고 필사적으로 죄에서 도망치려고 하는 것이 아니었나.

적어도 자신은 지금까지 대본을 쓸 때 그런 인물상을 그려 왔다. 하지만 실제로는 무언가가 마비되어 버린 것처럼 어떤 감정도 들지 않는다.

후쿠시마가 어느 쪽 길을 선택할지 궁금했지만 어느 쪽을 선택하든 어쩔 수 없는 일이라며 조용히 기다리고 있었다.

결국 후쿠시마는 입술을 깨물며 모리모토의 제안을 받아들였다.


'기시노 씨가 함께해 주시지 않았다면 이 영화는 이 정도의 작품이 될 수 없었습니다.'

열띤 어조로 말하며 기시노를 응시하는 자신의 모습이 화면에 비치고 있다.

'감독님, 지금 무슨 소리야. 아직 안 끝났잖아.'

기시노가 쓴웃음을 지은 후 '나도 좋은 영화에 출연할 수 있어서 감사하고 있어. 자극적인 현장이었어.'라는 말에, '감사합니다.' 하며 들뜬 목소리로 대답하는 자신. 이미 여러 방송에서 나오고 있는 영상이었다.

'기시노 노리유키, 갑작스러운 사망'

'사고인가, 자살인가'

충격을 연출하는 서체의 자막 위로 겹치듯 다시 자신의 얼굴이 비친다.

'반드시 좋은 작품으로 완성하겠다고 기시노 씨와 약속했습니다.'

테이블 위의 스마트폰이 울려 문득 시선을 던지자 어머니에게서 온 문자가 표시되어 있었다.

'유야, 텔레비전을 보고 깜짝 놀랐다. 취재 요청이 많아서 힘들지? 밥은 잘 먹고? 기시노 씨 일은 안타깝지만, 그래도 마지막에 좋은 영화라는 말을 들어서 다행이구나. 좋게 생각하자꾸나. 아버지도 나도 응원하고 있단다. 몸조심하고 힘내거라.'

도저히 답신할 마음이 들지 않아서 오사키는 텔레비전을 끄고 소파에 머리를 기댔다. 한숨을 쉬며 손가락으로 미간을 문지른다.

사실을 알게 되면 어머니는 뭐라고 하실까.

오사키는 뭐, 우시겠지 하고 남의 일처럼 생각했다. 울면서 화를 내고 왜 그런 어리석은 짓을 했냐고 책망하시겠지. 저렇게 텔레비전에까지 나와서 기시노 씨와 약속을 했느니 어쩌느니 하고 떠들어놓고는, 사실은 네가 죽였다니 정말 최악이구나.

자신도 최악이라고 생각한다. 이런 짓은 용서받을 수 없다. 자신은 언젠가 벌을 받게 될 것이며, 그때는 곧바로 자수했을 때보다 상황이 심각해질 것이다.

하지만 이제 멈출 수가 없다.

모든 것은 움직이기 시작했다.

모리모토의 말대로 기시노의 죽음은 마약 문제는 건드리지 않고 보도되었다. 사고와 자살과 사건의 모든 가능성을 열어 두고 수사 중이라는 경찰 발표는 갖가지 억측을 불렀지만 기본적으로는 일단 대배우의 갑작스러운 죽음을 애도하는 분위기로 흐르고 있었다.

다수의 추모 방송이 편성되었고, 특히 유작이 된 이번 영화가 중점적으로 소개되었다.

예정된 개봉관 수도 순식간에 늘어났고, 급하게 만든 예고편도 버라이어티쇼를 중심으로 반복해서 방송되고 있었다.

오사키는 오로지 편집에 매달리고 있었다.

기시노의 장례가 끝날 때까지는 취재가 많아서 산만했지만 뉴스에 필요한 자료 영상을 얼추 제공한 후로는 거의 사람도 만나지 않고 작업에 집중하고 있다.

영상 속에서 움직이고 있는 기시노가 이미 이 세상에 없다는 사실이 믿어지지 않았다. 모든 장례 절차에 참석하고 입관식까지 입회했음에도 모든 것이 그야말로 영화 속 사건처럼 현실감이 느껴지지 않는다.

경찰은 사건 직후 오사키에게서 사정 청취를 했지만, 셋이서 입을 맞춰 알리바이를 확보했기 때문에 오사키는 일단 풀려났다. 사실 경찰이 자신을 의심하는지 아닌지는 모른다.

모리모토의 말에 따르면, 경찰은 마약과 관련된 분쟁을 의심하고 있는 듯했다.

부검 결과 약물 반응이 나왔을 터이니, 아마도 마약 단속반과 정보 공유가 이루어졌을 것이다. 예의 그 동영상이 유출되었다는 것으로도 기시노와 마약상 사이에 무언가 문제가 있었다는 것은 쉽게 유추할 수 있다.

그런 상황에서 사건이 일어났다……. 아무것도 모르는 상태에서 들으면 제법 그럴듯한 스토리이다.

게다가 기시노가 약물의존이었다는 사실은 사고나 자살의 가능성을 높이고 있다.

정말로 그랬던 게 아닐까 하고 오사키가 생각하게 되기까지는 그리 많은 시간이 걸리지 않았다. 자신이 밀어서 떨어뜨렸다는 것은 그저 악몽이 아니었을까, 기시노는 자신과 상관없는 일로 죽은 것이 아닐까.

그런 자기 편의적인 환상을 깨뜨리는 연락이 온 것은 사건이 일어난 지 4일이 지난 오후였다.

핸드폰이 울리기 시작한 순간부터 왠지 불길한 예감이 들었다.

액정 화면에 모리모토의 이름이 표시되는 것을 보고 그 느낌은 더욱 짙어졌다.

하지만 그래도 설마 이런 연락이 오리라고 그 누가 상상이나 했을까.

모리모토는 숨을 헐떡이며 말했다. "기시노 씨의 건에 고지마 이쿠토가 용의 선상에 오른 것 같습니다."


모리모토의 이야기는 너무도 황당무계했다.

기시노가 추락해서 사망한 바로 그 시간대에 기시노의 방에서 고지마의 목소리를 들은 사람이 있다는 것이다.

"그럴 리가 없잖아. 고지마는 거기에 없었는데."

오사키는 미간을 찡그린다.

"그러니까요." 화난 목소리가 돌아왔다. "왜 그런 이야기가 나왔는지 전혀 모르겠어요. 하지만 만약 고지마가 이 일로 체포라도 된다면 마찬가지로 영화는 개봉할 수 없게 됩니다."

모리모토는 심각한 목소리로 말했지만 오사키는 그런 일은 없으리라고 생각했다. 설마 경찰이 그런 허위 주장을 그대로 믿을 리가 없다.

"누가 그런 말을 한 거야?"

"고지마의 매니저 말로는 여관 종업원이라고 합니다. 근처의 방에서 이불을 정리하고 있는데 목소리가 들렸다고."

"그때 양쪽 옆방에는 'Don't disturb' 팻말을 걸어 뒀잖아?"

"네, 그러니까 애초에 허위 주장이라고 했잖아요."

"종업원이 왜 그런 허위 주장을."

알 수 없는 것은 그 부분이었다. 그런 거짓말을 해 봐야 증언자에게 아무런 이득도 없다. 오히려 그 증언으로 고지마가 체포되었다가 이후에 거짓 증언이라는 게 밝혀지면 그 사람에게 무고죄를 물을 수 있다. 물론 그것만으로 끝나지는 않을 것이다. 지금 같은 시대에는 위증한 사람을 찾아내서 그 사람의 사진이나 이름을 인터넷에 뿌리는 사람도 나올 수 있다.

상대는 다름 아닌 '미닛5'의 고지마 이쿠토인 것이다.

전국에 수천만 명이라는 팬들이 가만히 있을 리 없다.

모리모토는 모르겠다고 말을 자른 후 이야기를 계속했다.

"하지만 문제는 그게 거짓말이라고 해도 그걸 증명할 수 없다는 점입니다. 고지마에게는 알리바이가 없습니다. 우리는 그 자리에 고지마가 없었다는 사실을 분명히 알고 있지만 그걸 증언할 수가 없죠."

"고지마는 실제로 어디에 있었지?"

"그 시간에 고지마는 혼자 조깅을 하고 있었답니다. 게다가 그 사실을 이미 SNS에 올렸고요."

이미 SNS에 올렸다면 이제 와서 알리바이를 만들 수도 없다.

"물론 설마 체포가 되거나 하는 일은 없겠죠. 근거도 없는 증언만으로 원죄冤罪 <sup>억울하게 뒤집어쓴 죄</sup>가 성립된다는 바보 같은 이야기는 없으니까요."

발끈해서 말하는 모리모토를 상대하자니 오사키는 이상한 기분이 들었다.

모리모토는 누명에 분개하고 있지만 실제로 기시노를 죽인 사람은 바로 자신이다.

"여하튼 일단은 누가 왜 거짓 증언을 하는지 밝혀내고 대책을 세워야 하는데……."

모리모토는 혼잣말을 하듯 중얼거리고 오사키의 대답을 기다리지 않고 전화를 끊었다.

오사키는 스마트폰 화면을 내려다보면서 머리가 마비되는 것을 느낀다.

나는 운이 있는 걸까 하고 멍하니 생각했다.

프리랜서 프로듀서인 모리모토는 어떤 의미에서는 자신 이상으로 이 영화에 많은 것을 걸고 있다. 그 자신 투자까지 했으니 영화가 개봉 정지가 되는 사태만은 어떡하든 피하고 싶어 한다.

모리모토가 없었다면 지금쯤 어떻게 됐을까?

그 자리에서 체포되고 재판에 넘겨졌을 터이다. 살인죄, 아니, 살의는 없었으니까 상해치사죄 정도일까.

당연히 이번 영화는 개봉 정지가 되었을 것이다. 지금까지 몇 년 동안이나 준비해서 간신히 촬영을 끝낸 신이 모두 매장된다.

새가 떨어졌던 그 신도.

불현듯 자신이 왜 자수를 하지 않고 이렇게 죄에서 도망치고 있는지 알 것 같았다.

솔직히 끝까지 도망갈 수 있다고는 생각하지 않았다. 경찰 조사가 진행되면 이런 거짓말 따위 언젠가는 반드시 밝혀진다. 경찰이 기시노의 마약 복용을 알고 있는 이상, 감독인 자신에게도 기시노와 다툴 동기가 있음을 쉽게 추측할 수 있을 것이다.

게다가 모리모토는 몰라도 후쿠시마가 끝까지 입을 다물 거라고 단정할 수 없다.

애초에 곧바로 자수하는 편이 자신에게 유리했을 것이다.

솔직하게 모든 것을 자백하고 반성의 뜻을 보인다. 조금이라도 죄를 가볍게 하기 위해서는 그렇게 했어야 한다.

어차피 두 번 다시 영화를 찍을 수 없게 될 것이다. 그렇다면 이 영화가 잠깐이라도 공개되어 제대로 된 평가를 받을 때까지만이라도 시간을 연장할 수 있다면……. 그렇게 생각했다.

하지만 이 일로 고지마가 체포된다면 이야기는 달라진다.

조금 전 모리모토가 말했을 때는 설마 그런 일은 없을 것이라고 가볍게 생각했지만 의외로 가능한 이야기일지도 모른다.

예컨대 난간의 높이를 봤을 때 사고라고 보기 어렵지만 사건으로 본다고 해도 현장에 명확한 물증이 없고 용의자가 좁혀지지 않는 상황이라면 증언을 토대로 동기가 있을 법한 사람이 용의 선상에 오를 것이고, 게다가 그 사람에게 알리바이가 없다면 증언이 나름대로 신빙성을 갖게 되지 않을까.

고지마에게도 동기가 있다.

고지마는 이 영화에 몰입해 있었다. 따라서 기시노의 마약 복용 의혹으로 개봉 정지가 될 수도 있다는 사실을 알게 되면 감정이 격해져서 거칠게 몰아붙일 가능성은 충분하다.

오사키는 두 손을 내려다보았다.

만약 고지마가 체포된다면 나는?

자신은 죄에서 도망갈 수 있어서 다행이라고 생각할까.

이번 영화를 개봉하지 못하는 것은 아쉽지만 다시 다른 기회를 잡도록 노력하자. ……그런 생각을 하게 될까.

오사키는 스마트폰을 엎어 놓고 다시 편집 기기로 몸을 돌렸다.

이어폰을 끼고 화면을 응시한다. 화면 속에서는 기시노가 기묘한 탭댄스를 보여 주고 있었다.


"증언자의 이름을 알았습니다."

그로부터 이틀 후, 모리모토가 편집실을 찾아왔다.

"히노 사쿠라, 고등학교 삼 학년입니다."

모리모토가 그렇게 말하며 디스크 한 장을 내밀었다.

"이게 뭔데?"

오사키는 모리모토를 보았다. 모리모토는 디스크를 다시 집어 책상 끝에 놓인 DVD에 넣는다.

"예전에 '미닛 파이브'의 방송에 출연한 적 있는 학생입니다."

"예능인이야?"

"아니요. 일반인입니다."

모리모토는 짧게 대답하고 리모컨을 조작하기 시작했다.

"방송 프로그램 중에 일반인이 나와서 평상시에는 하기 힘든 말을 텔레비전을 향해 외치는 코너가 있었습니다. 게임 시간을 늘려 달라고 부모에게 요구하는 아이도 있고, 아내에게 감사의 마음을 고백하는 할아버지도. 아, 그중에는 공개 프러포즈 같은 것도 있었고요. 지금은 방송 자체가 끝나서 그 코너도 사라졌습니다만 히노 사쿠라는 삼 년 전에 그 코너에 나왔었습니다."

화면에 '미닛5'의 멤버 다섯 명이 나타난다. 모리모토는 익숙한 동작으로 빠르게 돌리기를 눌렀고, 낯익은 풍경이 나오는 부분에서 정확하게 재생을 눌렀다.

영화 촬영을 하면서 묵었던 여관. 기시노의 사망 현장으로 수없이 영상에 나왔던 건물이다.

"이곳은 창업한 지 육십 년이나 됐대."

주위를 둘러보면서 감탄한 듯 말하는 이는 이시가미 슌스케였다.

"이런 곳에서 아무 생각 없이 일주일 정도만 지내 봤으면."

"우리 리더, 힘들구나."

장난처럼 말하는 도미타 유즈루의 목소리에 이시가미는 "날 힘들게 만든 사람이 누구라고 생각하는데!" 하고 얼굴을 찡그리고는 옆에 있던 안마의자에 앉는다. "아, 기분 좋다."

"뭐야, 내가 마사지해 주잖아."

도미타가 이시가미에게 달라붙어 장난치자 이시가미가 받아친다. "네가 해 주는 마사지는 아파서 싫어."

'이런 거군.' 오사키는 생각했다. 도미타 유즈루는 세심한 팬 서비스로 호감도를 높이는 것 같다고 들었는데, 이것도 그중 하나일 것이다.

'미닛5'의 팬 중에는 멤버가 서로 엉켜서 장난치는 모습을 보고 싶어 하는 이들도 적지 않다. 남성 동성애 만화를 즐기는 심리와 비슷한데, 도미타는 그런 요구에 응하고 있는 것이다.

화면 속에서는 이케다 신페이가 매점 앞의 캡슐 뽑기 기계를 돌리기 시작하자 "신페이, 뽑기 놀이 정말 좋아하는구나." 하고 스가노 다케시가 쓴웃음을 짓는다. 거기에 "우와, 이거 엄청 맛있어!" 하는 목소리가 들리고, 카메라가 당황한 듯 움직이자 고지마 이쿠토가 갑자기 고기 호빵을 먹고 있다.

"갑자기 뭘 먹고 있는 거야!"

곧바로 치고 들어오는 스가노에게 고지마가 반복해 말한다. "아니, 이거 엄청 맛있다니까!"

"저희 집 명물입니다." 여관 안주인이 나타나 설명한다. "바깥양반이 밀가루 반죽부터 직접 만들어요. 숙박하는 손님이 아니어도 살 수 있어서, 이 고기 호빵을 사려고 일부러 찾아 주시는 분도 있답니다."

"오."

각본대로 하고 있을 텐데도 고지마는 처음 듣는다는 듯 감탄한 모습으로 고개를 끄덕인다.

"이건 충분히 그럴 만한 가치가 있어."

고지마가 손을 뻗어 고기 호빵을 하나 더 받아 들자 양손에 고기 호빵을 쥔 모양새가 된다.

"이쿠토는 완전히 먹보 캐릭터네."

스가노가 다시 분위기를 띄우고, 이어서 분홍색 티셔츠의 가슴 부분에 가다랑어 브로치를 단 이케다가 나타난다.

"그거 방금 캡슐 기계에서 뽑은 거야?"

스가노가 묻자 이케다가 만족스러운 웃음을 지으며 말했다. "이런 지방 특산물을 보면 나도 모르게 수집하는 버릇이 있거든." 묘하게 사실적인 가다랑어 브로치는 그 자체만 보면 어떻게 활용해야 할지 난감한데, 이케다가 달자 무척 세련되고 멋있는 디자인으로 보였다.

"이 고기 호빵에도 가다랑어가 들어간답니다."

여주인이 자연스러운 타이밍에 끼어들자, 고지마가 들고 있던 고기 호빵을 다시 베어 물며 말한다. "아, 이 중독성 있는 맛이 그거구나!"

여관의 홍보물로는 더할 나위 없는 영상일 것이다. 도쿄에서 비행기로 한 시간 반, 다시 자동차로 한 시간이 더 걸리는 벽촌이지만 '미닛5'의 팬이라면 실제로 이 여관을 찾아가서 고기 호빵을 먹고 브로치를 수집하고 싶어질 것이다.

미리 준비된 대본이라고 생각하지 못할 만큼 자연스러운 흐름으로 홍보를 끝냈을 때, 교복 셔츠 차림의 남자 중학생이 등장했다.

"이번에는 이 학생이 같은 반 여학생에게 고백하고 싶다고 응모한 듯합니다."

화면에는 여자 중학생 셋이 비친다. 그중에 가장 예쁘게 생긴 학생을 카메라가 클로즈업한다. 촌스럽고 세련된 느낌은 없었지만, 그래도 이목구비가 또렷했다.

"이 애가 증언자?"

오사키는 모리모토를 바라보았다.

하지만 모리모토는 "아니요." 하고 짧게 말한 후 화면을 가리킨다. "증언자는 옆에 있는 아이입니다."

화면에 절반 정도만 나온 그 아이는 예쁘게 생긴 아이의 두 배는 될 듯한 체격이었다. 통통함을 넘어서 뚱뚱했다.

화면에서도 멤버들이 모니터를 보며 "누구야?" 하고 소년에게 묻고, 소년이 "이 애입니다." 하며 예쁘게 생긴 아이를 가리키는 모습이 비쳤다.

그때 고지마가 "난 이쪽." 하며 뚱뚱한 아이를 가리켰다. "엄청 맛있어 보여."

"이쿠토, 그거 문제성 발언이야."

스가노가 고지마를 쿡쿡 찌르고, 이케다가 "야한 의미로 들려." 하며 두 귀를 막는 척했다.

하지만 이케다가 그렇게 말하니 오히려 그런 의미가 아니라는 것이 전해진다.

고지마는 조금 전 고기 호빵의 복선을 회수하고 있는 것이다.

소년이 긴장된 표정으로 여학생 앞에 서고 더듬거리며 고백을 하는 신에 이르자 모리모토는 다시 빨리 돌리기를 눌렀다.

"뭐, 이 고백 자체는 실패합니다만."

"이런 분위기에서 거절하는 경우도 있군."

오사키가 눈썹을 살짝 올린다.

"그게 이 코너의 묘미입니다."

모리모토는 설명하면서 빨리 돌리기를 멈췄다.

"고백이 성공할 때도 있고 하지 않을 때도 있습니다. 아이가 부모에게 요청할 때도 부모가 요구를 그대로 다 받아 주지 않기도 하는

데, 그런 부분이 오히려 리얼하고 마지막까지 결과를 알 수 없어서 나름 인기가 있었던 모양입니다."

"하지만 일반인끼리의 고백이고, 게다가 실패까지 하면 분위기가 처지지 않나?"

"그 부분을 해결하는 역할이 '미닛 파이브'입니다."

모리모토 말대로 화면에는 멤버들이 함께 소년을 격려하고, 서정적인 음악까지 흘러서 그 나름대로 분위기가 고조되고 있다.

급기야 고지마가 뚱뚱한 여학생의 볼을 만지며 설득을 시작했다. "너, 이 여관에서 일하지 않을래?"

어쭙잖은 고백 같은 구도에 얼굴을 붉히는 여학생의 팔을 끌고 호빵 판매대 앞으로 이끌며 고지마가 말한다. "네가 호빵을 팔면 잘 어울릴 것 같은데."

급기야 여학생의 손에 고기 호빵을 쥐여 준다.

"봐, 최고잖아!"

여학생이 자진해서 호빵 하나를 더 집자 양손에 호빵을 쥔 모양새가 된다. 조금 전에 고지마가 선보였던 '먹보 캐릭터' 장면이지만 완성도가 전혀 달랐다.

보드랍고 탄력 있어 보이는 통통한 손가락, 빵빵하게 부푼 번들거리는 얼굴, 웃으면 실눈이 되는 작은 눈. 고기 호빵의 마스코트 캐릭터라고 해도 수긍할 만한 귀염성이 있다.

그리고 갑자기 여학생이 호빵을 베어 물었다. 눈을 동그랗게 뜬 스가노가 기회를 놓치지 않고 "먹는 건가!" 하고 분위기를 띄웠고,

고지마가 "최고!" 하며 배를 잡고 웃는다. 스태프가 폭소하는 소리가 겹쳐지고, 재빨리 여주인이 나와 "우리 집에서 일해 주세요!" 하고 고백하듯 고개를 숙인다. 여학생은 놀란 듯 주위를 둘러보며 입안의 호빵을 오물거린 후 고개를 끄덕인다. 해피엔딩으로 코너가 끝나고, 모리모토가 동영상을 정지한다.

"이 호빵 아이가 증언자인 히노 사쿠라입니다."

오사키는 고지마에게 어깨를 안긴 채 웃고 있는 히노 사쿠라의 얼굴을 응시했다.

이 아이…… 순박한 웃는 얼굴은 아무리 봐도 거짓 증언으로 남을 함정에 빠뜨릴 것처럼 보이지 않는다.

"이 아이가 정말로 여기서 일한 거야?"

"방송 직후에는 꽤 인기가 있었던 모양입니다. 말 그대로 마스코트 캐릭터 같은 느낌으로 사진이 찍히기도 하고."

"이 아이가 증언자라는 건 어떻게 알았어?"

경찰로서도 증언자 신분은 감춰야 할 사항이다. 특히 용의자 쪽에는.

"유기 씨가 알려 줬습니다."

유기는 '미닛5'의 매니저 이름이었다. 유기 소스케. 후쿠시마와는 달리 베테랑 매니저로 '미닛5'를 톱 아이돌로 성장시킨 실력파다.

"'미닛 파이브'의 회사는 지방경찰과도 깊은 유대 관계를 유지하고 있어서요. 수사 관계자 중에도 이번 증언을 거짓으로 보는 사람이 있는지, 유기 씨에게 정보를 흘려주었나 봅니다."

"그 사람이 거짓이라고 판단한 근거는?"

"그야 증언에 뭔가 부자연스러운 부분이 있었겠죠. 실제로 거짓 증언이기도 하고."

"그건 그렇다고 쳐도, 이 아이가 왜?"

가장 의문스러운 부분은 그 점이다. 거짓 증언을 해서 이득이 될 게 없을 뿐만 아니라 위험이 너무 크다. 그녀의 거짓으로 결백한 고지마 이쿠토가 용의자로 내몰렸다는 사실을 알게 되면 팬들은 당연히 격분할 것이고, 급기야 유기는 고지마를 지키기 위해서 팬들에게 히노 사쿠라의 정보를 흘릴 가능성도 있다.

거기까지 생각하자 더더욱 이해가 되지 않았다.

"……아니, 이 학생은 고지마의 팬이 아니야?"

오사키가 고지마에게 어깨를 안긴 구도 그대로 정지해 있는 여학생의 화면을 가리킨다.

자신들은 직업상 익숙하지만 연예인은 역시 존재감이 엄청나다. 텔레비전 화면 속에서는 그다지 눈에 띄지 않는 연예인이라도 직접 만나 보면 일반인과는 다른 강렬한 존재감에 압도되는 법이다.

쉽게 만날 수 없는 존재이다 보니 한 번이라도 직접 만나면 그 존재는 더욱더 '특별한 연예인'이 된다. 그 사람의 얼굴이나 이름을 보는 것만으로도 자신이 만났던 때의 장면을 떠올리게 되고, 텔레비전에서는 볼 수 없는 '진짜' 모습을 직접 보았다는 특별함을 음미하기 위해 그 사람을 더욱 응원하게 된다.

고지마가 그룹 내에서는 뒤처진다고 해도 일단 국민적 아이돌 그

룹의 일원이다. 자세히 보면 꽤 잘생긴 얼굴이고, 존재감도 다른 연예인과 비할 바가 아니다.

그런 고지마 이쿠토가 단순히 눈앞에 나타난 것이 아니라, 자신에게 눈길을 주고 나아가 볼을 만지며 애원하는 듯한 구도로 말을 걸어왔다면 평범한 중학생이 우쭐하지 않을 리가 없다.

"확실히 그렇죠."

모리모토도 의아한 듯 고개를 갸웃한다.

"팬인데 일부러 고지마를 곤란하게 만들다니⋯⋯."

모리모토가 그렇게 말을 이었을 때였다.

오사키가 주먹을 입가에 대며 "혹시," 하고 중얼거린다. "팬이라서, 그런 게 아닐까?"

"팬이라서?"

모리모토의 미간 주름이 더욱 짙어졌다. 오사키는 턱을 당긴다.

"왜곡된 팬심의 일종이야."

그 말을 입에 담자 역시 그런 것 같았다.

모든 팬이 그 사람의 활약을 기뻐하고 순수하게 응원한다고는 할 수 없는 것이다.

예컨대 상대방이 성공할수록 자신과 멀어진다는 생각에 슬퍼하는 사람이 있다면, 일부러 다른 사람 앞에서 그 사람을 평가절하하는 듯한 말을 하는 사람도 있다. 소위 '애정의 비하'라는 개념이다. 자신은 다른 사람이 모르는 모습을 알고 있다. 그래서 다른 사람들처럼 무조건 칭찬만 하는 것이 아니라 비판도 할 수 있다⋯⋯. 자신이 우위에 있다는 일종의 과시.

그리고 그런 광신적인 애정이 도를 넘으면, 상대에게 상처를 주려는 사람마저 나타난다.

모리모토는 심각한 표정으로 고개를 끄덕인 후 입을 열었다.

"아니면 좀 더 단순한 이야기일지도 모릅니다. 생각해 보세요. 이 아이는 고지마가 시키는 대로 이 여관에서 일하게 되었고, 거기에 우연히 고지마가 영화 촬영으로 이곳에 머무르게 되었죠. 감동의 재회를 할 수 있다는 생각에 설레고 있었는데……."

"고지마는 그녀의 존재 자체도 잊고 있었다."

오사키는 고지마의 말을 잇고 다시 화면으로 눈을 돌린다.

수백 번은 했을 현지 촬영에서 그때그때마다 자신에게 주어진 역할에 최선을 다해 온 고지마 입장에서는 3년 전의 촬영 따위, 일상적인 업무의 하나에 지나지 않았을 것이다. 여관 자체는 기억할지 모르지만 '호빵'을 닮은 중학생이 있었다는 사실 따위는 망각의 저편으로 사라져 버리는 것이 당연하다.

"고지마가 만나러 와 주지 않자 낙담한 그녀는 우연히 아르바이트가 있던 날에 사건이 일어났다는 사실을 알고 거짓 증언을 하기로 마음먹었다."

오사키가 말을 이어 가자 모리모토도 목소리의 톤을 높인다.

"만약 고지마가 체포되어 기소된다면 히노 사쿠라는 적어도 증인으로서 법정에서 고지마와 재회할 수 있다."

오사키와 모리모토는 얼굴을 마주 보았다.

176

렌터카를 세우고 내비게이션을 확인한 후 쌍안경을 꺼내 외길 끝에 있는 집을 살폈다.

청회색을 기조로 한 2층 단독주택은 도쿄에서도 흔히 볼 수 있는 외관이었다.

방이나 마당은 사치스러울 정도로 넓었지만, 좋게 말하면 심플하고 나쁘게 말하면 심심한 느낌의 집이었다.

오사키는 손목시계를 내려다보고 1백 미터 정도 앞에 있는 버스 정류장에 눈길을 준다.

이곳에 오는 동안에도 여러 명의 주민이 말을 걸었다. 밭일을 하던 손을 굳이 멈춰 가면서까지 어디에 가는지, 뭐 하는 사람인지를 묻는 주민들이 단순히 자신을 걱정해 주는 것이 아니라는 정도는 알 만큼, 오사키도 시골에 대해 어느 정도 알고 있었다.

요코하마에서 나고 자란 오사키가 시골의 폐쇄적이고 배타적인 성향을 직접 체험해서 알게 된 것은 아니다. 하지만 영화를 위한 취재나 촬영지 헌팅을 하던 중에 자신을 노골적으로 경계하는 모습을 여러 번 보았다.

렌터카 번호판을 단 차량이 어슬렁거리고 있다는 이유만으로 이미 의심을 받고 있다는 것은 확실했다.

게다가 여염집 앞에 버티고 있는 모습을 누가 보기라도 한다면 신고할 가능성도 있다.

유기가 조사해서 알려 준 주소를 보면 히노 사쿠라는 아르바이트를 끝낸 후 저 버스 정류장에서 내려 이 길을 지나 집으로 갈 것이다. 버스 도착 예정 시간이 방금 지났지만 길에는 아직 버스가 보이지 않는다.

빨리빨리, 하고 마음만 조급했다. 너무 오랫동안 이곳에 차를 세워 놓고 있으면 또 누군가가 타박을 할지도 모른다. 앞으로 해야 할 이야기의 내용이 내용인 만큼 쓸데없이 다른 사람에게 방해받고 싶지 않았다.

오사키는 중지 끝으로 핸들을 두드리면서 괜찮다고 자신을 다독인다.

만약 자신들의 생각이 맞는다면 증언을 철회시키는 일은 그리 어렵지 않을 것이다.

고지마를 만나게 해 주겠다고만 하면 된다.

원하면 사인도 받아 주고, 기념사진도 찍게 해 줄게. 그러니까 제발 고지마를 도와주지 않을래? 너밖에 할 수 없어.

그렇게 사정하면 팬인 이상 반드시 마음이 움직일 것이다. 애초에 궁지로 몰아넣은 사람이 그녀였으니 도와주느니 어쩌느니 하는 말도 이상하지만, 지금 그걸 따져야 소용없는 짓이다.

버스가 도착한 것은 그로부터 다시 3분 정도 지난 후였다.

내린 사람은 한 명뿐이었고, 가슴까지 내려오는 긴 머리에 디즈니 캐릭터가 그려진 패딩을 볼 때 젊은 여성인 것은 맞지만 그 아이가 아님은 바로 알 수 있었다.

동영상에서 본 모습과는 체형이 너무 달랐기 때문이다. 선이 예쁜 엉덩이도, 쭉 뻗은 날씬한 다리도 그 '호빵'을 떠올리게 하는 실루엣과는 거리가 너무 멀었다.

히노 사쿠라는 이 버스에 타지 않았나 생각하며 떠나는 버스를 보다가 문득 시선을 여성에게 돌렸다. 그리고 그 시선을 거두지 못했다.

이 두툼한 입술, 눈 옆의 점……. 어딘가 본 적이 있는 얼굴이다.

오사키는 서둘러 차에서 내려 선글라스를 벗으면서 여성에게 달려갔다.

"저기, 잠깐만요."

여성은 놀라서 어깨를 움찔하고는 몸을 보호하듯 토트백을 껴안는다. 그 모습 역시 동영상에서 본 것과는 상당히 달랐지만, 자세히 보면 얼굴의 각 부분은 같았다.

"아, 미안해. 갑자기 불러서 놀랐지? 나는 사실 영화감독인데."

오사키는 명함을 꺼내 히노 사쿠라에게 내밀었다.

히노 사쿠라는 받으려고도 하지 않고 고개만 빼서 명함을 들여다본다. 그 모습에는 시의심이 쉽사리 드러나 보였고, 3년 전의 마스코트 같은 귀염성이 있는 '고기 호빵'의 모습은 찾아볼 수 없었다.

오사키는 잠시 고민했지만 돌려 말하는 것보다 빨리 용건을 꺼내는 편이 좋을 거라고 판단한다.

"단도직입적으로 말할게. 네 증언으로 고지마가 경찰에 의심을 받고 있어. 만약 이대로 고지마가 체포된다면 애써 찍은 영화도 개봉할 수 없게 돼."

오사키는 히노 사쿠라가 명함을 받지 않자 얼른 명함을 케이스에 넣었다. 되도록 이 아이에게는 명함을 주고 싶지 않다.

"오늘 내가 이곳에 온 이유는 네게 부탁을 하기 위해서야."

최대한 부드러운 목소리를 내려고 노력하면서 히노 사쿠라를 정면으로 응시한다.

"지금 당장 증언을 철회해 줬으면 해."

히노 사쿠라는 대답하지 않았다.

그저 감정을 읽을 수 없는 무표정으로 바라볼 뿐이다.

오사키는 얼굴이 굳어지는 것을 느꼈다. 상대는 시골 계집아이다. 자신은 지금까지 더 두려운, 영향력도 개성도 강한 사람을 수없이 상대해 왔다. 이런 계집아이를 상대로 두려움을 느끼다니 어쩌자는 건가.

"혼자 갔다가 경찰에게 혼나는 게 무섭다면 내가 같이 가 줄게."

"무서워?"

지금까지 반응이 없었던 히노 사쿠라가 조금이나마 반응을 했다.

"아니, 무섭다기보다…… 여하튼 네가 혼나지 않도록 잘 얘기할 테니까……."

"거짓말을 하라는 건가요?"

깜짝 놀라 시선을 향하자 히노 사쿠라는 자신을 가만히 응시하고 있었다. 그 날카로운 시선에 순간 혼란스러워진다.

거짓말? 무슨 소리를 하는 거지? 거짓말을 하고 있는 사람은 그쪽이 아닌가.

오사키는 머리를 긁적이며 "그러니까," 하고 고개를 갸웃거려 보였다. "고지마의 목소리를 들었다는 건 거짓말이지?"

"왜 그렇게 생각하시는데요?"

눈앞의 소녀는 조금도 동요하는 기색을 보이지 않고 되물었다.

"왜라니……."

오사키 쪽이 오히려 시선을 피하고 만다.

"고지마는 저녁 식사 후 조깅을 하러 나갔어. 물론 기시노 씨의 방에는 가지 않았고."

소녀는 틈을 두지 않고 되받아친다. "그게 거짓말입니다."

이 아이는 대체 뭐지.

어떻게 생각해도 거짓말을 하는 쪽은 이 아이다. 자신은 그것을 확신한다. 확신은 하지만 그 근거를 말할 수는 없다.

오사키는 한숨을 쉬고 싶은 것을 참으며 몰래 앓는 소리를 냈다.

"그래서, 너는 어떻게 하길 원하니?"

이 아이를 상대로 절차를 밟아 가며 이야기하는 것이 바보 같다고 느껴졌다. 어설프게 의중을 떠보느니 원하는 바를 빨리 말하게 하는 편이 손쉬울 듯했다.

"고지마를 다시 만나고 싶은 거지?"

소녀의 얼굴 피부가 팽팽하게 긴장된다. 피부에 난 여드름 자국이 이 아이가 아직 사춘기 소녀라는 사실을 상기시킨다. 오사키는 어깨에서 힘이 빠지는 것을 느끼며 조용한 목소리로 이야기했다.

"히노 양, 고지마는 아무런 나쁜 짓도 하지 않았어. 그런데도 모든 것을 잃게 될 상황이야. 이번 영화뿐이 아니야. 이대로 가면 텔레비전에도 두 번 다시 나올 수 없게 돼."

마침내 소녀의 눈이 미세하게 움직였다.

오사키는 반응을 느끼며 "넌 그의 팬이지?" 하고 말을 잇는다. "지금 고지마를 도와줄 수 있는 사람은 너뿐이야."

준비해 둔 대사를 입에 올린 순간이었다.

헐, 하고 소녀의 입가가 일그러진다.

"뭔가 착각하시는 것 같은데요, 저는 고지마 이쿠토를 도와주고 싶은 마음 따위 없고요, 얼굴도 보고 싶지 않거든요."

내뱉는 듯한 말투에 불길한 느낌의 땀이 등 한가운데를 따라 흘러내렸다.

혹시 자신들은 큰 착각을 하고 있었던 게 아닐까.

"……고지마에게 화났니?"

소녀는 대답하지 않았다. 하지만 이번에는 부정도 하지 않는다.

화가 났다면, 그것은.

"혹시 고지마가 여관에서 일하고 있는 네게 차가운 태도를 보였을 수도 있겠구나."

오사키는 마른 입술에 침을 적시며 이야기한다.

"하지만 고지마는 이번에 예능 프로가 아닌 영화 촬영 때문에 온 거야. 해 본 적 없는 역할에 몰입해 있었어."

오사키는 히노 사쿠라를 응시하면서 말을 이었다.

"게다가 너는 외모가 완전히 달라졌잖아. 삼 년 전에도 귀여웠지만 지금은 완전히 예뻐졌어. 고지마가 너를 몰라봤다고 해도 이상

182

하지 않아."

소녀는 반응이 없었다.

하지만 여기서 기죽어서는 안 된다.

"경찰이 제대로 조사를 시작하면 거짓말은 이내 탄로 나. 경찰이 속아 주는 건 한때뿐이야. 지금이라면 그나마 경찰에게 혼나고 끝날 뿐이지만, 만약 고지마가 용의자라고 뉴스에 나온 뒤에 증언이 거짓말이었다고 했다가는 고지마의 팬들이 가만히 있지 않을걸."

역시 이 점을 공격하는 수밖에 없다.

"네 이름은 물론이고 사진도 인터넷에 뿌려지겠지. 이런 시골에서는 주소를 알아내는 것도 순식간이야. 그들은 절대 너를 용서하지 않을 거고, 어떤 위해를 가할지 알 수 없어. 괴롭힘은 날이 갈수록 심해질 거야."

소녀가 긴장된 얼굴을 숙인다. 오사키는 의도적으로 표정을 누그러뜨리고 "좋은 작품을 찍었단다." 하고 목소리에 열의를 담아 말했다. "이미 촬영도 끝났고, 분명히 훌륭한 영화가 될 거라고 확신해. 영화에는 많은 사람이 관련되는데, 이 상태로는 그 모두의 노력이 허사가 돼……."

갑자기 소녀가 고개를 들었다.

똑바로 응시하는 눈길에 오사키는 상체를 내민다. 전해지고 있어. 이제 한고비만 넘기면. 조금만 더 그녀의 마음을 움직일 수 있다면……

"이 마을에서 촬영한 덕에 아주 좋은 장면을 찍었단다. 시체를 묻는 장면인데, 갑자기 죽은 새가 떨어져 주는 바람에 기적처럼 멋진 신이 나왔거든."

오사키는 그렇게 말하면서도 그 느낌을 말로 다 표현하지 못하는 것이 안타깝다.

"고지마도 지금까지 해 본 적 없는 역할에 도전했고, 마침 딱 적역이어서 아주아주 멋지게 나왔어. 보고 싶지 않니?"

오사키는 여기서 조금이라도 보고 싶은 마음이 들게 하면 승리라고 생각했다. 고지마의 혐의가 풀리지 않으면 영화는 개봉할 수 없다. 영화를 보고 싶으면 혐의를 풀어야 한다.

"그 장면이 묻혀 버리는 건 너무 아까운 일이야."

그렇게 결정타를 날렸다고 생각한 순간이었다.

눈앞의 소녀가 발산하는 공기가 갑자기 서늘해진다.

뭐지?

소녀가 눈을 내리깐 채 천천히 입을 열었다.

"체포되면 영화를 개봉할 수 없게 된다. ……그때도 그렇게 말씀하셨죠."

온몸이 뻣뻣하게 굳는다.

'영화를 개봉할 수 없게 됩니다. 반드시 좋은 작품을 만들자고 하시지 않았습니까. 오늘만 해도 엄청나게 좋은 장면을 찍어서.'

오사키는 눈을 크게 떴다.

그 말은…….

"마약 복용으로 다툼이 있었다."

히노 사쿠라가 허공에 적힌 글을 읽어 나가듯 말했다.

"경찰에서도 제가 그렇게 말한 순간 태도를 바꾸고 이야기를 진지하게 들어 주었습니다."

순식간에 몸에서 피가 빠져나가는 기분이다.

기시노의 동영상이 돌고 있다고 해도 업계 내 극히 일부에서다. 인터넷에 유출된 것도 아니라서 일반인 여고생이 알 리가 없다.

이 아이는 그때 정말로 근처에 있었던 건가.

"어떻게……."

양쪽 옆방에는 아무도 없었을 텐데.

"벽장에서 베개를 찾고 있는데 윗방에서 소리가 들렸어요."

윗방. 오한 같은 것이 발끝부터 올라온다.

나는 오늘 이곳에 와서는 안 되었다.

그녀는 진짜 증인이었다. 그녀의 위증 덕에 자신은 경찰의 혐의에서 벗어날 수 있었다.

"당신들은 그때도 말했어요."

히노 사쿠라의 말에 오사키는 고개를 번쩍 들었다.

"모처럼 재밌는 장면을 찍었는데 매장시키다니 아깝지 않냐고."

의미를 알 수 없어서 미간을 찡그린다.

'그때?'

기시노를 밀어뜨린 그 밤, 자신은 그런 말은 하지 않았다.

"난 울면서 부탁했지만 아무도 들어주지 않았어요. '이제 와서 무슨 소리냐, 애드리브도 딱 좋았고, 어떻게 봐도 이득이잖아.'라고."

"……혹시, 그 버라이어티쇼 이야기?"

"이득이라니 뭐가요? 텔레비전에 많이 나온다는 거? 그런 걸 누구나 좋아할 거라는 생각은 어떻게 하는 거죠? 고기 호빵이라고 불리고, 웃음거리가 되고, 그런 게 방송되길 원할 리가 없잖아요."

"하지만," 자신도 모르게 그렇게 말한다. "너도 웃고 있었잖아?"

그랬다. 이 아이도 분위기에 멋지게 편승하지 않았던가. 고지마가 볼을 만져 주고, 스스로 호빵을 하나 더 집어 들고 당당하게 베어 물기까지 하면서…….

하지만 히노 사쿠라는 거기에는 대답하지 않았다. 낮은 목소리로 천천히 "이런 좁은 동네에서 놀려도 되는 존재로 여겨지는 게 어떤 건지 아세요?" 하고 말을 잇는다. "모든 사람이 고기 호빵이라고 불렀고, 그러면서도 내가 좋아한다고 생각했어요. 싫다고 하지 말라고 아무리 말해도 '너도 좋아했잖아.' 하면서."

소녀의 눈꼬리가 붉어진다.

"그렇게 싫으면 처음부터 거부하지 그랬어. 고지마가 만져 줬는데 감히 불평을 하다니 건방져. 잘난 척하지 마, 호빵 주제에. 그래서 필사적으로 다이어트를 했어요. 하지만 그랬더니 이번에는 아깝다고 하더군요. 뚱뚱했을 때가 귀여웠는데, 호빵이 엉망이 되어 버렸다고."

오사키는 움찔했다.

자신도 분명히 같은 생각을 했었다.

"이렇게까지 살을 빼서 간신히 호빵 소리는 듣지 않게 됐죠. 하지만 나는 줄곧 기억하고 있었어요. 잊으려고 해도 잊을 수가 없잖아요. 그 사람이 텔레비전에 나오는 것을 볼 때마다 떠올리지 않을 수가 없으니까."

소녀는 눈을 내리깔았다.

"나는 고지마 이쿠토의 얼굴 따위 두 번 다시 보고 싶지 않아요."

소녀는 아까도 했던 말을 반복했다.

"영화건 텔레비전이건 두 번 다시 안 나왔으면 좋겠어요."

목소리는 떨렸지만 눈물을 흘리지는 않는다.

국민적 아이돌인 고지마 이쿠토의 얼굴을 보지 않으려면 텔레비전 자체를 안 보는 수밖에 없다. 하지만 다른 방법이 딱 하나 있다. 고지마가 사라져 주는 것이다.

자신도 그때 기시노와 후쿠시마에게 했던 말.

'체포되면 어차피 모든 게 끝이야. 일 따위 전부 날아갈 게 뻔하잖아.'

그 이야기를 소녀는 아랫방에서 듣고 있었다.

'앞으로 일이 없어지는 것만 문제인 줄 알아? 이 영화도, 드라마도, 광고도 전부 방송할 수 없게 돼.'

그야말로 그녀가 원하던 바였다.

소녀가 내려다보고 있던 자신의 손을 천천히 쥐어 간다.

"당신 말대로 어차피 내 거짓말 따위 금방 들통나겠죠. 결국 고지마 이쿠토가 예능계에서 사라지는 일은 없을 거고요."

몇 초 후 꽃이 피듯 주먹이 펴졌다.

"그것 때문에 내가 다시 구경거리가 되는 건 분명 사양합니다."

소녀의 눈이 오사키를 똑바로 응시한다.

"고지마 이쿠토에게 죄를 뒤집어씌운 채 뻔뻔하게 '좋은 영화'만 지키려는 사람이 따로 있는데."

자신이 실수했다고 고지마는 깨달았다.

자신은 역시 오늘 이곳에 오지 말았어야 했다. 이 아이를 만나지 말았어야 했다.

소녀가 입술을 비틀 듯 미소 지었다.

"당신 말대로 거짓 증언은 철회하고, 사실을 얘기하기로 하겠습니다."

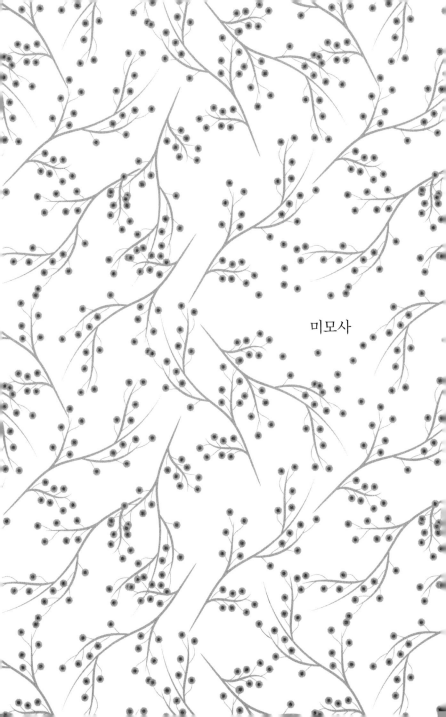

미모사

"그대로네." 그렇게 말하는 그의 얼굴이야말로 그대로였다.

보기만 해도 사랑스러워서 자연스럽게 눈이 가늘어진다는 듯한, 실은 그런 식으로 가늘게 뜨면 그렇게 보인다는 것을 알고 있는 듯한 미소.

오한 같은 울림이 일었고, '어떻게?'라는 말이 머릿속에 울려 퍼진다.

이 사람이 어떻게.

"오랜만이야."

온화하지만 내면에 들어오는 것은 허락하지 않는 딱딱함이 있는 목소리는 기억했던 것보다 훨씬 저음이었다.

나는 순간적으로 시선을 손끝으로 떨군다.

테이블 위에 놓인 번호표 뒤에는 익숙한 글씨로 '세베 요헤이'라고 적혀 있었다.

나는 귓등이 뜨거워지는 것을 느끼며 머리카락을 매만진다.

"와, 오랜만이네요." 습관처럼 입술을 움직이고, 너무 기쁘다고 말하며 가슴 앞에서 손뼉을 쳐 보였다.

이 사인회를 시작하고 수없이 반복한 말이다.

이전에도 와 주었던 사람, 인스타그램에서 댓글을 자주 달아 주는 사람, 내 책을 보고 만든 요리 사진을 보여 주는 사람, 선물을 가져온 사람. 그들에게 했을 때와 똑같은 음성이 나온 것에 안심하면서 옆에 선 담당 편집자에게 설명한다. "학생 때 아르바이트 했던 회사 분이세요."

편집자는 그의 표정을 보고 있지 않는지 "오, 그렇습니까." 하며 적극적으로 호응해 주었다.

"계속 응원해 주시다니 기뻐요."

들키지 않았다고 생각했다가 그도 그럴 것이라고 깨닫는다.

세베 씨는 띠동갑 연상이다. 그게 아니더라도 과거 애인의 사인회에 오는 사람이 있을 거라고 누가 생각하겠는가.

게다가 나는 결혼을 했고, 세베 씨는 당시에도 기혼자였다.

"정말로 기뻐요."

내가 되풀이하자 눈앞의 남자가 조금 머쓱해하는 것이 느껴졌다. 통쾌함과 함께 초조한 기분이 들어 장난스럽게 말한다. "세베 씨에게 사인을 해 주다니 왠지 신기해요."

사인펜을 쥔 손에 힘을 주고 '세베'라고 썼다. 그것만으로 마음속이 술렁였고, 그런 나에게 당혹해한다.

그 무렵, 나는 이 이름을 수도 없이 썼었다.

사무실에 걸려 온 전화를 받고 찾는 사람이 부재중이거나 대화 중일 때면 메모를 해서 책상 위에 놓는 것이 아르바이트 업무 중 하나였기 때문이다.

이미 9년이나 지난 일인데도 가장 자주 전화를 걸어 왔던 인쇄소 담당자의 이름까지 생각났고, 그 기억의 달콤함에 숨이 막힌다.

내가 전화 메모를 건네는 척하며 세베 씨와 사적인 연락을 취할 때 암호로 썼던 이름이 그 이름이었다. '요시우라 씨에게 전화가 왔었습니다.'라고 하면서 오늘 밤 한잔하자는 메모를 전달한다. 세베 씨는 입 모양으로만 웃으며 '알았어, 연락할게.' 하고 말하며 메모를 손안에 감춘다.

그도 나도 회사에서는 사원과 아르바이트생이라는 선을 넘는 모습은 절대 보이지 않았다. 다른 아르바이트생들보다 오히려 더 절도 있는 태도를 유지하면서 은밀하게 특별한 말을 주고받았다. ……실타래처럼 줄줄이 떠오르는 광경을 떨쳐 버리고자 펜을 쥔 손에 힘을 준다.

"세베 씨는 요즘 어떤 책을 만들어요?"

"아니, 회사 그만뒀어."

"네?"

갈색 테 안경 안쪽의 눈과 시선이 마주친 순간 몸이 움츠러든다.

"회사를 옮기셨어요?"

"편집 일 자체를 이제 안 해."

다시 한번 "네?" 하는 소리가 새어 나온다. "어머, 왜요?"

"뭐, 이래저래 해서."

세베 씨는 설명해 줄 마음이 조금도 없다는 투로 말하며 쓴웃음을 지었고, 아직 날짜를 적지 못한 사인 책을 집어 들었다.

"건강해 보여서 안심했어. 그럼 갈게."

그는 한 손을 들어 보이며 돌아서더니 주저 없이 걸어간다.

기다리라는 말이 나올 뻔했지만 다음 사람이 한발 앞으로 다가온 덕에 참을 수 있었다.

다음 사람은 두 손으로 공손하게 내민 책을 "고맙습니다." 하고 미소 지으며 받아 든다.

사인펜을 고쳐 쥔 손이 떨리는 것을 보며 심장이 아플 정도로 크게 뛰고 있는 것을 그제야 자각했다.

'방금 뭐였지?'

'왜 갑자기…….'

'회사를 그만뒀다고?'

정리되지 않은 생각들이 어지럽게 돌아다닌다.

그것 또한 기억에 있는 감각이었다. 세베 씨와 사귀던 무렵 나는 늘 이런 식으로 혼란스러워했다. 갑자기 다가와서는 부드럽게 거절하는 남자. 그와 얽히면 얽힐수록 자신의 테두리가 무너졌고, 도망가야 한다고 생각하면서도 스스로 떠날 수 없었다.

헤어질 수 있었던 것은…… 내가 세베 씨의 아내를 만나러 갔기 때문이었다.

회사 주소록을 보고 무작정 그 사람 집으로 찾아갔지만 막상 아내를 마주하자 아무 말도 할 수 없었다. 그저 역으로 가는 길을 묻는 것만으로 돌아왔지만 그것만으로 그 정체불명의 여자가 나라는 사실은 이내 들통났다.

'재미없는 짓 하지 마.' 하고 무시무시한 태도로 위협하는 그를 보며 나는 후회와 공포로 눈물을 흘리면서도 왠지 안도하고 있었다.

이로써 세베 씨가 나를 내칠 것이라고.

내가 아르바이트를 그만두고, 그 이후로 세베 씨가 연락하지 않음으로써 관계는 끝났다. 그때가 스물두 살 즈음이었다.

당시에는 죽을 만큼 힘들었지만 시간이 흐르면서 그때 확실하게 헤어져서 다행이라고 진심으로 생각하게 되었다.

그것은 미숙하고 불안정했던 때의 일시적인 일이었다. 아니, 그 사람과 만났기 때문에 그렇게까지 궁지에 몰렸을 뿐이라고.

나는 앞에 있는 여성과 악수를 하면서 사인회 중이어서 다행이라고 생각했다.

자리를 벗어날 수 없는 상황이 아니었다면 나는 분명 그를 쫓아갔을 것이다.

그는 왜 내 사인회에 왔을까.

편집 일을 그만뒀다니 무슨 일일까.

무슨 일이 있었길래……. 지금은 무엇을 하고 있을까.

그렇게 어중간한 상태로 던져진 올가미 같은 의문에 반사적으로 뒤따라갔을 것이 분명했다.

사인회가 끝나고 담당 편집자가 뒤풀이라도 하자고 권했지만 참가하고 싶은 마음이 들지 않았다.

조금 피곤하다고 거절하고, 사인회 참가자들이 준 편지와 선물이 담긴 종이 가방을 들고 집으로 향한다.

전철 안에서 종이 가방의 내용물을 확인한 것은 마침 자리에 앉

앉기 때문이었다. 허벅지 위에 놓인 세 개의 종이 가방이 거추장스
러워서 큰 가방 하나에 넣으려고 생각했다.

내가 사인을 하는 동안 편집자는 편지와 선물의 가장자리에 준
사람의 이름을 일일이 메모해 두었다. 나중에 인사를 하고 싶었기
때문이다. 하나하나의 이름을 확인하다가 '세베 씨'라는 이름에 숨
을 삼킨다.

달려들 듯 봉투를 열었고, 안에 든 작은 종이에 심장이 크게 요동
쳤다.

'맞은편 건물의 바에 있습니다.'


그 사람과 단둘이서 술을 마신다니 있을 수 없는 일이라고 생각
하면서도 전철에서 내렸다.

시끄러울 정도로 쿵쿵 울려 대는 가슴을 누르면서 건너편 플랫폼
으로 미끄러져 들어온 전철에 뛰어든다.

이미 한 시간 반이나 흘렀다.

분명 포기하고 돌아갔을 것이라는 생각이 들자 왜 좀 더 일찍 가
방 안을 확인하지 않았는지 하는 후회와 차라리 다행이라는 안도감
이 동시에 솟구쳤다. 어떤 감정이 더 큰지 판단하지 못한 채 반대쪽
문을 향해 몸을 돌려 전철에서 내리는 사람들의 뒤를 따라간다.

건물 앞에 도착하자 비로소 내가 지금 무엇을 하고 있는 건가 하
는 제정신이 들었다.

사인회를 한 장소 바로 맞은편이라니, 누가 보기라도 하면 어쩌려고.

숨을 한 번 내쉬고 열린 승강기에 올라타자 전철역 화장실의 액체 비누와 오래된 기름이 섞인 듯한 역겨운 냄새가 났다.

나는 숨을 멈추고 층수 버튼을 노려본다.

그러고 보니 오늘 아침에 집을 나올 때도 하필이면 마침 쓰레기를 수거하는 시간이었다. 맨션 청소부가 쓰레기를 안고 나오는 중이었고, 그때도 이렇게 숨을 멈추고 빠른 걸음으로 지나갔다. 거리가 떨어진 후에야 숨을 들이마셨지만 여전히 썩은 냄새가 옅게 남아 있었고, 옷에까지 냄새가 밴 듯한 불쾌한 기분이 들었던 것이 떠오른다.

승강기에서 도망치듯 나오자 바로 앞에 바가 있었다. 화장을 고치고 향수를 뿌리고 싶지만 외부 화장실은 보이지 않는다.

심호흡을 하면서 등을 펴고 연지색 카펫을 밟으며 들어갔다.

바보다는 작은 선술집 같은, 벽에 손 글씨 메뉴가 빼곡하게 붙은 가게 안을 둘러본다. 세베 씨는 가장 안쪽의 카운터 자리에 앉아 있었다.

내가 올 것을 알고 있었다는 듯이 자연스러운 동작으로 옆의 의자를 빼 주면서 수고했다며 입을 연다.

"일찍 왔네."

"이미 두 시간 가까이 지났는데요?"

세베 씨를 보지 않고 자리에 앉았다. 세베 씨는 음료 메뉴를 내게 밀어 주며 한 손을 들어 점원을 부른다.

"뒤풀이가 있을 테니 더 늦겠거니 했지."

점원이 곧바로 물수건을 가져왔고, 나는 조금 망설이다가 우롱차를 주문했다.

"술 안 마셔?"

"오늘은 피곤해서."

세베 씨는 그다지 개의치 않는 듯 "흐음." 하더니 "그러겠네." 하고 만다. 그 소리를 듣자 역시 오는 게 아니었다는 생각이 든다.

"뒤풀이는?"

"갔는데, 일찍 끝냈어요."

순간 정적이 흘렀다. 고개를 돌리자 세베 씨가 눈을 가늘게 뜨고 있었고, 뒤늦게 자신이 한 말의 의미를 깨닫는다.

"이곳에 오려고 일찍 끝낸 게 아니라 피곤해서 짧게 끝내고 나왔다가 나중에 메모를 발견해서."

"그랬군. 피곤에 감사해야겠네."

웃음 섞인 말에 전부 꿰뚫어 보고 있음을 알았다.

우롱차로 건배를 하자 세베 씨는 "이곳, 맛있어." 하면서 계속해서 요리를 권했다. 달걀말이, 멸치와 무 샐러드, 마 와사비 무침, 닭 날개 튀김…… 모두 어느 술집에나 있을 법한 평범한 메뉴인데도 탄성이 나올 만큼 정말로 맛있었다.

과거에 이 남자와 비슷한 시간을 보냈던 일이 떠올랐다. 그때도 세베 씨는 맛있는 음식점에 자주 데려가 주었다.

세베 씨와 헤어진 후에도 기억 속의 맛을 재현하려고 씨름했던 요리가 몇 가지나 있다.

"이건 무얼 넣은 걸까." 하고 혼잣말을 하자 "오, 요리 연구가!" 하며 놀린다.

그 얕보는 듯한 뉘앙스에 화가 난다.

하지만 "여하튼 이렇게 사인회까지 하다니 대단해."라는 한마디에 간단하게 화가 풀리는 자신의 단순함에 기가 막힌다.

"놀라셨어요?"

"놀랐어."

세베 씨는 솔직하게 인정했고, 사인회에서 보여 준 것과 똑같은 미소를 보내온다. 나도 모르게 눈을 내리뜨자 그가 머리 위에 마른 손바닥을 올린다.

"애썼어."

그 순간 몸 깊은 곳에 가라앉아 있던 것이 스르륵 올라오는 것을 느꼈다.

그로부터 이미 9년이 흘렀는데도.

오랜 시간을 들여 야윈 몸을 조금씩 회복시켰고, 지금의 남편을 만나 결혼했고, 그때와는 다른 사람이 되었다고 생각했다. 이 사람과 만나도 흔들리지 않는, 일방적으로 휘둘리는 일 따위 없는 어른으로.

하지만 결국 자신은 이 말을 듣고 싶어서 이곳에 왔다는 사실을 깨닫는다.

언젠가 세베 씨와 재회하게 될지도 모른다는 생각을 죽 해 왔다.

세베 씨의 회사에서는 내가 쓰는 요리책과 비슷한 책을 많이 냈기 때문이다.

영화 배급사에서 일하면서 틈틈이 취미로 쓴 요리 블로그가 화제가 되어 책으로 나왔고, 그 책이 베스트셀러가 되자 많은 출판사에서 의뢰가 들어왔다. 이대로 경험을 쌓다 보면 세베 씨의 회사에서도 연락이 올 것이라는 이야기를 다른 편집자에게 들었고, 그렇게 되면 난처하다고 생각했다.

설마 세베 씨가 직접 연락을 하지는 않겠지만 그와 같은 회사 사람과 작업을 하게 되면 편집부에 회의를 하러 가는 일도 있을 터이다. 편집부는 한 층뿐이어서 세베 씨와 얼굴을 마주하게 될지도 모른다……. 그런 상황을 불안해하는 줄만 알았는데, 한편으로는 그 상황을 기다리고 있었다는 사실을 깨닫는다.

오히려 그것을 목표로 지금까지 노력해 왔던 것이라고.

"오늘 그 책, 몇 부나 나갔어?"

세베 씨는 담배에 불을 붙이면서 물었다.

노골적으로 수입을 물어보는 것과 마찬가지인 무례한 질문인데도 그가 묻자 저급한 느낌이 들지 않는다.

"초판이 오만 부였고, 사흘 전에 만 부 증쇄가 결정됐어요."

"오, 역시."

세베 씨는 상체를 젖혀 천장을 향해 담배 연기를 뿜었다.

"솔직하게 연 수입이 어느 정도야?"

"뭐, 해마다 다르지만 이천만 엔 정도는."

자신도 모르게 최고 액수로 대답한다.

"완전히 베스트셀러 작가였네."

"언제까지 그럴지는 모르겠지만요."

"오래갈 거야, 너라면."

그의 확신에 찬 대답을 듣자 독한 술을 단숨에 마셨을 때처럼 몸이 뜨거워진다.

"세베 씨가 말하니까 정말로 그럴 것 같기도 해요."

"그렇다니까, 걱정 마."

나는 입가가 누그러지는 것을 느꼈다. 점원에게 하이볼을 주문해서 비운 후 궁금했던 말을 꺼낸다.

"왜 일을 그만뒀어요?"

"이래저래 해서."

아까와 똑같은 대답에 설명할 생각이 없구나 싶어 낙담하는 와중에 세베 씨가 덧붙였다. "다른 하고 싶은 일이 생겼을 뿐이야."

"하고 싶은 일?"

"오 년 전이었나, 불사佛師와 일을 한 적이 있었는데."

"불사?"

"불상을 만드는 사람."

아주 잠깐 세베 씨의 눈에 멸시하는 기색이 떠올랐지만 그것은 내가 아니면 눈치채지 못할 속도로 빠르게 지워졌다.

"편집 일도 재밌었지만 삼십 대 중반이 넘어가니까 한 번뿐인 인생인데 이렇게 끝나도 될까 하는 생각이 들더군. 그러던 중 지금의 은사를 만났고, 바로 이거라는 생각이 들었지."

세베 씨의 말이 아니었다면 그 나이에 무슨 소리냐고 어이없어했을 것이다. 하지만 아이처럼 눈을 반짝이는 그는 무척이나 매력적으로 보였고, 이 사람답다는 생각도 들었다.

그 무렵에도 세베 씨는 업무로 만나는 사람에게 이런 표정을 지어 보였다.

진심으로 눈앞의 상대에게 흥미가 있고 순수한 경의를 품고 있다는 듯한.

녹취 때문에 몇 번인가 세베 씨의 취재에 동석한 적이 있는데, 그는 늘 놀라울 정도로 취재 대상을 꼼꼼하게 조사했다. 상대가 책을 낸 적이 있으면 그 책을 전부 읽었고, 인터뷰도 전부 찾아보았다. 그리고 상대가 집착하는 것이나 문제의식을 정확하게 알아맞혔다.

아무리 까다로운 사람도 세베 씨에게 금방 마음을 빼앗긴다. 지나치리만큼 매끄러운 그 흐름에 공포감조차 느끼기도 했다.

세베 씨는 불사라는 직업의 매력에 대해 이야기했다. 마치 한 권의 책처럼 잘 다듬어진 말이 쌓여 간다. 하지만 내 뇌리에는 그 일로 먹고 살 수 있는 걸까 하는 의문이 떠오른다.

아무리 생각해도 편집자였던 때만큼은 벌 수 없을 것 같았다. 그래도 괜찮다고 아내가 허락해 준 걸까?

목구멍까지 올라온 말을 입 밖에 내지 않았던 이유는 멸시하는 눈빛을 다시 보고 싶지 않았기 때문이었다. 옛날 세베 씨가 했던 취재 방식을 떠올리고는 그것을 따라 하듯 고개를 끄덕이며 틈틈이 질문하고 몸을 앞으로 내밀어 본다.

이야기가 마침내 궁금했던 부분에 이른 것은 30분 정도 지나고 나서였다.

"뭐, 돈은 안 되지만 나 혼자 먹고사는 거야 어떻게 되겠지."

뭐? 하는 물음이 목 안쪽에서 버티고 있다.

그 말을 어떻게 이해해야 할지 알 수 없었다.

"그러면……."

"응, 헤어졌어."

세베 씨는 별일 아니라는 듯 말했다.

헤어졌다고?

나는 세베 씨의 왼손 약지를 보았다. 그때도 어차피 결혼반지는 끼지 않았으니 그런 걸 확인해 봐야 의미가 없음에도.

"왜, 돈 떨어지면 정분도 끝난다는 말이 있잖아."

농담처럼 하는 말에 순간 얼굴이 확 뜨거워진다.

자신은 그때, 겨우 그런 이기적인 여자와 경쟁했다는 말인가.

"조금 심한 말 좀 해도 돼?"

세베 씨는 지금까지의 이야기는 심하지 않았다는 듯 말했다.

"이럴 거면 그때 헤어질 걸 그랬어."

나는 자리에서 일어났다.

"갈게요."

가방을 집으려는 순간 손목을 붙잡혔다.

예상외의 열기와 딱딱한 손바닥의 느낌에 피부가 저렸다.

"미안해, 이 이야기는 그만할게."

"아니요." 자신의 목소리가 떼쟁이 어린아이처럼 유치하게 울린다. "그게 아니라."

"지금은 미코가 기혼자인걸."

예전의 호칭에 순식간에 감각이 되살아났다. 마치 귀여워하는 고양이를 부르는 듯한. 실제로 세베 씨가 어렸을 때 키우던 고양이 이름이 미코였다.

"게다가 미코도 이렇게 돈 없는 놈은 싫겠지."

세베 씨가 자조적으로 말하며 손을 놓는다. 손목에서 멀어져 가는 열기에 아니라는 말이 나오려고 해서 입을 꾹 다문다.

지금 나는 무슨 말을 하려는 건가.

이건 마치⋯⋯.

세베 씨가 나를 응시했다.

다음 말을 기다리듯, 내 마음속 흔들림을 확인하려는 듯.

"그러면,"

세베 씨의 손이 이번에는 내 손가락을 잡았다.

얇은 입술이 열리고 속삭이는 듯한 목소리가 새어 나온다.

"돈 좀 빌려줄래?"

순간 무슨 말을 하는지 알 수 없었다.

눈앞의 남자는 지금까지와 똑같은 표정이다.

부끄러워하거나 굴욕적이라는 느낌도 없었고, 그러한 감정을 감추기 위해 익살스러운 표정을 짓지도 않고, 고백하는 듯한 말투로 "반드시 갚을게."라고 덧붙인다. "갚을 수 있어. 다음 달부터 시작하는 일에 참여하게 돼서 거기서 돈이 나와. 삼십만 엔이면 돼."

"잠깐만."

나는 당황해서 이야기를 끊었다.

"지금은 수입이 없어요?"

"아니, 아르바이트도 하고 있어서 아예 없는 건 아니야."

"무슨 아르바이트?"

"청소 회사야. 맨션이나 오피스 빌딩 청소."

세베 씨와 청소라는 단어가 전혀 이어지지 않았다. 청소부 복장으로 묵묵히 쓸고 닦고 쓰레기를 줍는다…… . 처참하다는 말을 쓰면 안 된다는 것은 알지만 그런 생각을 하지 않을 수 없었다.

이게 뭐야, 하고 힘이 빠져나가는 것을 느낀다.

내 사인회에 왜 갑자기 나타났나 했더니, 돈이 목적이었나.

구애하려는 건가 생각했던 자신이 부끄러워서 얼굴에 피가 몰렸고, 대신 몸에서 열기가 빠져나갔다.

그 말을 듣고 다시 보니 눈앞의 남자가 더없이 비참하게 보였다.

마흔이 넘은 나이에 아내는 떠나 버리고 청소부로 일하면서 꿈을 좇는, 하지만 아직 아무것도 아닌 남자.

불현듯 기쁨 비슷한 못된 감정이 솟아오르는 것을 느꼈다.

30만 엔이면 쉽게 내줄 수 있는 액수는 아니지만 자신의 수입에서 충당할 수 없는 액수도 아니다.

이렇게 열두 살이나 어린 옛 애인에게 돈을 빌리러 와야 할 만큼 영락한 남자에게 간단하게 30만 엔을 건넨다.

나는 그것을 할 수 있다.

몸속에서 힘이 솟는 것을 느끼면서 자신이 계속 이 남자를 증오했다는 사실을 자각한다.

나는 성공해 보임으로써 이 남자에게 앙갚음하고 싶었던 것이다.

당신이 가볍게 짓밟았던 계집아이는 어느새 당신보다 높은 위치까지 올랐다고.

"그래요."

내 대답에 세베 씨의 눈빛이 흔들렸다.

나는 입가를 누그러뜨린다.

"이곳에서 나가면 편의점에서 인출해 줄게요."

"고마워. 차용증은 쓸게."

"그런 거 필요 없어요."

나는 세베 씨의 손에서 내 손을 빼냈다.

"꼭 갚을 거잖아요?"

사실 갚지 않아도 상관없다고 생각했다. 그렇게 생각했기 때문에 빌려주기로 한 것이다.

저주와의 결별에 대한 위자료라고 생각하면 싸다고 생각했다.

이것으로 이제 나는 과거에 끌려다니지 않을 수 있게 된다.

하지만 세베 씨는 "그건 안 되지." 하고 고지식하게 말하며 가방에서 클리어 파일을 꺼냈다. 파일 안에서 A4 용지를 뽑아 30만 엔을 빌리며 한 달 내에 갚는다는 내용과 함께 오늘 날짜와 이름을 적는다.

익숙한 손놀림에 돈을 빌리는 것이 이번이 처음은 아니겠구나 생각했다. 어쩌면 나 이외의 옛 연인에게도 빌린 적이 있을지 모른다.

그렇다면 분명 돈은 갚지 않겠지.

그리고 두 번 다시 이 남자와 만날 일은 없다.

세베 씨가 시키는 대로 서명을 하고 종이와 펜을 돌려준 후 자리에서 일어났다.

내가 계산을 하고 가게를 나오자 세베 씨는 딱히 비굴함도 느껴지지 않는 말투로 잘 먹었다고 말하며 뒤따라온다.

마치 그렇게 하는 것이 당연하다는 얼굴을 하고 있는 남자를 나는 다시 보게 되었다.

아무리 돈이 궁하다고 해도 9년 전에 헤어진 연하의 여자에게까지 돈을 빌리러 오다니, 보통 남자라면 자존심이 허락하지 않을 것이다. 그런 의미에서 역시 세베 씨는 보통은 아니었다는 것이 된다.

내가 편의점에서 돈을 찾는 동안 서 있는 모습도, 현금을 받아서 가방에 아무렇게나 찔러 넣는 몸짓도 전부 교과서처럼 자연스러웠고, 그래서 나는 깨닫지 못했다.

원래 빌려주는 쪽이 보관해야 할 차용증을 그가 가지고 갔다는 사실을.

보름 정도 지나고 세베 씨에게 연락이 왔을 때 나는 진심으로 놀랐다.

설마 정말로 갚을 생각이었다니.

다시 만나는 것에 주저함이 없었다면 거짓말이지만 그가 자신과의 추억을 완전히 망가뜨릴 생각은 없었다는 사실에는 기뻤다.

오히려 돈 관계가 끼어 한 번 기분이 차가워진 것으로 과거에 연인이었다는 미묘한 관계가 사라진 것일 수도 있다고 생각하자 만남이 조금 기대되기조차 했다.

세베 씨는 그때의 미숙하고 약하고 아무것도 할 수 없었던 자신을 알고 있다. 그렇게 생각하면 다른 사람보다 훨씬 마음 편한 친구가 될 수 있을지도 모른다.

과거에 연인 관계였다는 것은 말하지 않으면 모른다. 애초에 불륜이었기 때문에 주변 사람들에게 관계를 밝힌 적도 없었다. 누군가 물어본다면, 과거에 편집자였던 지인에게 일에 대한 조언을 듣고 있다고 설명하면 된다.

그럼에도 왠지 집 근처는 꺼려져서 저번에 만났던 곳에서 만나기로 약속했다.

이날도 세베 씨는 먼저 와서 술을 마시고 있었다.

세베 씨는 지난번과 똑같이 수고했다고 말했고, 나도 똑같이 자리에 앉는다.

진토닉으로 건배를 하고 단숨에 절반을 비우자 기분 좋은 해방감이 온몸을 채웠다.

"오늘은 남편에게 뭐라고 하고 나왔어?"

"그냥 회의가 있다고만."

그렇게 대답하면서 묘한 기분이 들었다.

과거에는 이런 식으로 대답하는 쪽은 세베 씨였다.

'오늘 사모님은?'

'괜찮아, 업무라고 생각하니까.'

그렇게 별것 아니라는 듯한 대답을 들으면 안심이 되면서도 복잡한 기분이 들곤 했다. 이 사람은 내게도 분명 이런 식으로 수많은 거짓말을 하고 있겠지. 그때그때의 상황에서 떠오르는 대로 적당히 둘러대다가 앞뒤가 안 맞으면 그때는 뭐 어쩔 수 없지, 하면서.

"남편은 어떤 사람?"

세베 씨는 어딘가 재미있어하는 듯 말했다.

"어떤 사람……."

나는 대답할 말을 찾지 못한다.

과거에 세베 씨는 아내에 대해 어떤 식으로 이야기했더라.

'그 사람은 요리를 무척 잘하거든.' 자랑스러워하는 듯한 세베 씨의 목소리가 불현듯 생각났고, 뒤이어 그때의 상황이 되살아났다.

'여기 음식도 맛있지만 그 사람이 만든 볶음밥도 꽤 훌륭해. 고슬고슬하니 간도 적당하고.' 다른 이야기를 할 때와 똑같이, 오히려 더 수다스럽게 들릴 정도로 이야기하는 세베 씨를 보며 '그러면 왜 나하고.' 하는 생각을 했던 적이 한두 번이 아니었다.

하지만 그렇다고 아내에 대해 나쁘게 말하기를 원한 것도 아니었다. 아내랑 사이가 좋지 않아서 집에 있기가 너무 힘들고, 그런 현실에서 도피하기 위해 불륜을 저지르고 있는 것이었다면 나는 그렇게까지 그에게 빠져들지 않았을 것이다.

"남편은 착한 사람이에요."

나는 대답하면서 영작문을 하는 것 같다고 생각했다. 마이 허즈번드 이즈 카인드. 어휘력이 부족해서 중요한 사실을 채 전하지 못하는 듯한 서투른 말솜씨.

"내가 만든 요리는 항상 맛있다며 먹어 주고, 시키지도 않았는데 아침이면 집 안의 쓰레기를 모아 버려 주기도 하고."

여자 친구들에게 이야기하면 '우와, 좋겠다, 부러워.'라는 말을 들을 수 있는 에피소드였다.

하지만 세베 씨는 반응하지 않는다.

나는 초조함을 느끼면서 녹아서 둥글둥글해진 술잔 속 얼음을 응시했다. 남편의 얼굴을 떠올리며 "그 사람은," 하고 중얼거린 말에 이끌리듯 "상한 것," 하고 말을 잇는다.

"상한 것?"

"그 사람은 냉장고에 상한 것이 있으면 버려 줘요."

말하고 나니 이걸로는 역시 아무것도 전해지지 않겠다는 생각이 든다.

"그러니까 나는 일 때문에 식자재를 너무 많이 사게 될 때가 있는데, 그게 썩어 버리면 굉장히 슬퍼요. 왜 상하기 전에 맛있는 요리로 만들지 못했을까 하는 죄스러운 기분이 들어서요."

"응." 세베 씨는 재촉하듯 고개를 끄덕였다.

"그래서 이미 먹지 못한다는 걸 알면서도 쉽게 버리지 못해요. 어떻게 활용할 수 없을까 고민하게 되죠. 뭐, 활용할 수 있을 리가 없지만요."

말하면서 자신도 꽤나 성가신 성격이라고 생각한다.

"남편이 그걸 알기 때문에 몰래 버려 주고는 내게는 먹었다고 말해 줘요."

세베 씨의 눈썹이 미세하게 올라갔다.

"사실은 버렸는데도?"

"네."

사실은 버렸음에도 남편은 절대 그렇게 말하지 않는다.

그리고 나도 사실은 버렸다는 것을 알면서도 남편이 먹었다고 하니까 먹어 주었구나 하고 생각한다. 그렇게 생각하기로 한다.

"과연." 세베 씨가 맞장구를 쳤다. "그건 정말 착한데."

그 말에 자신도 놀랄 만큼 만족감을 느낀다.

세베 씨도 예전에 이런 기분이었을까 하고 생각하자, 당시 느꼈던 질투와 열등감과 모욕감까지도 치유되는 기분이 들었다.

감정이 풀린 상태 그대로 지인들의 근황을 이야기하고, 지난번과는 또 다른 요리를 먹으며 지난번보다 빠른 속도로 술을 마신다.

테이블 위에 팔꿈치를 괴자 서로의 무릎이 닿았다. 세베 씨도 나도 비키지 않고 그대로 둔다.

"이거 어울려."

세베 씨가 내 귀걸이를 만졌다. 귓불을 스치는 손가락의 열기에 움찔한다.

"고마워요. 나도 좋아하는 귀걸이야."

"응, 뭔가 섹시해."

세베 씨가 손을 거두고 술잔을 집었다. 나도 술을 입에 머금는다.

화장실에 가니 생각보다 술기운이 돌았고, 조금 과음했다고 반성했다. 아무리 이제 그런 사이가 아니라고 해도 단둘이 술을 마시고 취하기까지 하면 안 된다.

시간을 확인하니 23시를 넘어섰고, 자리에 돌아가면 이야기를 꺼내야겠다고 생각한다.

내가 먼저 말을 꺼내기가 어색해서 그냥 술 마시러 온 것처럼 있었지만 원래는 돈을 돌려받으러 온 것이다.

나는 점원에게 차가운 물수건을 받아 손을 닦고는 "그리고 보니," 하고 말을 꺼냈다. "이번 달부터 시작한다던 일은 어때요?"

최대한 그저 일상적인 이야기처럼 들리도록 노력했지만 세베 씨도 의미를 알았는지 "아," 하며 고쳐 앉았다. "그거 말이지? 돈."

"아, 네."

직접적으로 물어 오자 시선이 흔들린다.

"미안해요. 왠지 재촉하는 것 같네."

세베 씨가 상체를 돌려 가방을 열기에 나도 자세를 바로 했다.

하지만 세베 씨가 꺼낸 것은 그 클리어 파일이었다.

"미안한데, 이십만 엔만 더 빌려줄래?"

"네?"

목소리가 갈라졌다.

이십만 엔 더?

이 사람이 지금 무슨 말을 하고 있는 거지?

"……저번 것도 못 받았는데요."

"시작될 예정이었던 일이 어긋나 버렸어."

세베 씨는 그걸로 해야 할 설명을 전부 했다는 듯 입을 다문다.

얼굴의 근육에서 힘이 빠져나가는 것을 느꼈다.

"……자신이 무슨 소리를 하는지 알고 있어요?"

"미코."

세베 씨가 친근하게 부르면서 상체를 내 쪽으로 붙여 왔다. 나는 고쳐 앉아 거리를 유지한다.

"그 호칭으로 부르지 마세요."

"왜?"

세베 씨는 정말로 의아하다는 듯 고개를 갸웃거렸다.

"왜라니……. 이제 그런 관계가 아닌데 이상하잖아요."

"그러면 뭐라고 부르면 돼? 아라이 씨?"

"지금은 이치카와입니다."

이런 대화를 하고 있다는 것 자체가 무의미하게 느껴져서 내치듯 말하자 세베 씨는 입가에 웃음을 띠면서 "이치카와 씨." 하고 입속에서 이름을 되뇐다.

그 끈적한 느낌을 견딜 수 없어서 나는 가방을 들고 일어섰다.

"기다려, 이치카와 씨."

"가겠습니다."

"잠깐만!"

갑작스러운 큰 소리에 놀라 순간적으로 몸을 움츠린 순간 팔을 붙잡혔다.

"남편에게는 삼십만 엔에 대해 뭐라고 했어?"

세베 씨는 의자에 앉은 채 나를 올려다보며 말했다.

"어차피 얘기 안 했지? 오늘도 회의 어쩌고 거짓말까지 하고 온 걸 보면."

이 인간은…….

"아내가 자기 몰래 옛 애인에게 삼십만 엔이나 빌려준 걸 알면 남편은 어떻게 생각하려나."

이 인간은 누구일까…….

"보통은 뭔가 있다고 생각하겠지?"

"뭔가라니……. 아무것도."

목소리가 갈라지고 만다. 왜 이런 상황이.

"믿어 주려나."

남자는 히죽히죽 웃으면서 턱을 괴었다.

"나라면 믿지 않겠지만."

설마 협박당하는 거야?

이해가 되지 않았다.

왜 이야기가 갑자기 이렇게 되는 걸까.

돈을 빌려준 쪽은 나다.

돈을 떼어먹으려고 하는 건 이 남자.

만약 협박을 당한다면 이 남자여야 하지 않나? 왜 돈을 빌려준 내가 협박을 당하는 거지?

"이십만 엔이 어렵다면 십만 엔도 괜찮아."

남자는 양보라도 해 준다는 듯 어깨를 으쓱했다.

분노에 온몸이 떨려 온다.

"헛소리하지 마. 내가 그걸 왜 주는데."

"요리 연구가 아라이 미키코가 불륜."

남자는 대본을 읽기라도 하듯 무표정하게 말했다.

"일에서도 꽤 마이너스 이미지가 될 거라고 생각하는데."

"그만해!"

반사적으로 내뱉고 나서야 이런 반응이야말로 남자가 원하는 바였음을 깨달았다. 하지만 달리 어떻게 해야 하는 걸까.

남자가 채근하듯 내 팔을 아래로 끌어당긴다.

그대로 다시 자리에 앉혀져 남자가 내려다보는 위치가 되었다.

"괜찮아, 이게 마지막이니까."


무엇에 휘말린 것인지 알 수 없었다.

그저 선택을 잘못했다는 사실만 깨닫는다.

나는 이 남자와 얽히면 안 되었다.

이런 남자에게……. 하지만 언제부터 이런 인간이 되어 버린 것일까.

아니면 원래 이런 면이 있었나.

자신이 어떻게 술집을 나왔는지, 어떻게 전철을 탔는지도 모른 채 도착해 보니 맨션 앞이었다.

카드키로 디지털도어록을 해제한 후 무거운 다리를 끌 듯이 공동현관으로 들어간다.

'어떻게 하면.'

그 말만이 머릿속을 돌아다니고 있었다.

40만 엔이라는 액수가 돌이킬 수 없는 것처럼 여겨졌다.

내 적금에서 꺼냈고, 일을 조금 늘리면 충당 못 할 액수는 아니다. 하지만 그 사람 말대로 아무 관계도 없는 사람에게 떡하니 빌려줄 액수는 분명히 아니다.

양손을 내려다보자 손가락 끝이 떨리고 있었다.

만약 이게 끝이 아니라면.

그 남자 입장에서는 이렇게 좋은 돈줄을 놓을 이유가 없다. 하지만 너무 몰아붙이면 나도 어쩔 수 없이 남편과 상의하는 수밖에 없게 된다.

남편에게 말한다면…….

나는 승강기 버튼을 올려다보다가 퍼뜩 생각이 났다.

그래, 내가 먼저 설명하면 되는 거야. 사인회에 갑자기 과거 애인이 나타났고, 한잔하자는 권유에 둘이 술집에 갔고…… 아니, 둘이

간 게 아닌 것으로 하면 어떨까. 과거 편집자 출신인 그가 내 담당 편집자와도 아는 사이여서 뒤풀이를 함께하게 되었다는 스토리로 가면…….

"원하는 층수 버튼을 눌러 주십시오."

머리 위에서 느닷없이 들려온 기계 음성에 깜짝 놀라 어깨가 흔들린다.

황급히 27층을 누르자 신음하는 듯한 기계 소리와 함께 바닥이 공중에 뜨는 느낌이 들었다.

담당 편집자는 그 사람이 내 과거 애인이라는 사실은 모르고 뒤풀이에 초대했다. 어쩔 수 없이 셋이서 술집을 갔는데 담당 편집자가 자리를 비운 틈에 돈을 빌려 달라는 부탁을 받았다. 얼떨결에 돈을 빌려주고 말았다…….

승강기 문이 열렸다.

아니야.

얼떨결에 빌려줬다는 설명으로는 너무 약하다.

승강기에서 내려 바로 눈앞에 있는 이치카와라는 문패를 가만히 응시한다.

왜 빌려주게 됐는지 그 부분에 설득력이 필요하다. 남편도 납득할 만한……. 실제로 난 왜 돈을 빌려줬을까.

원래 관계로 돌아가고 싶은 마음은 결코 없었다.

단지, 자신은 더 이상 그때의 계집아이가 아니라는 것을 알게 해주고 싶었다. 아내가 돈 때문에 도망갔다면, 나는 그깟 돈 정도 간단하게 빌려줄 수 있다는 것을 보여 주자고……. 거기까지 생각하다가 그 순간에 이혼 이야기를 한 것도 그 남자의 노림수였음을 깨닫는다.

나는 현관문 앞에 걸린, 미모사를 손수 엮어 만든 화환을 만졌다.

선명한 노란색의 작은 꽃이 싱그럽다. 단조로움을 피하기 위해 섞은 유칼립투스 구니의 실버그린과 헤데라의 블랙도 잘 어울린다.

허세를 부리려고 했다고 말해 볼까.

좋은 아이디어 같았다.

그래, 그거야. 그런 식으로 자신이 어리석었다고 이야기하면 남녀 사이로 무언가가 있었던 것은 아니라고 생각해 주지 않을까.

완전히 영락해서는 비참한 꼴이었어. 열두 살이나 어린 옛날 애인에게 돈을 빌리러 왔다니 말 다했지. 이제 끝난 거 아니겠어?

남자를 깎아내려서 매력 따위는 조금도 느껴지지 않았다는 것을 전한다.

열쇠로 문을 열고 "다녀왔어." 하고 들릴 듯 말 듯 말하며 집 안으로 들어갔다.

거실 문에서 새어 나오는 빛이 보여 간담이 내려앉는다.

펌프스에서 발을 빼내고 마루에 서자 스타킹 너머로 차가운 바닥의 감촉이 부드럽게 느껴진다. 말랑말랑한 거대한 젤리 위를 걷는 것처럼 마음이 불안하다.

세면대에서 손을 씻고 입을 헹군 후 마음을 다잡고 거실로 들어갔다. 아랫배에 힘을 주고 다시 "다녀왔어." 하고 말하다가 그대로 멈춘다.

남편은 텔레비전 리모컨을 손에 쥔 채 잠들어 있었다.

어째서인지 소파가 아닌, 소파 앞 맨바닥에 앉아서 소파에 등을 기댄 채 고른 숨소리를 내고 있다.

텔레비전 화면에는 몇 주 전에 녹화한 금요 로드쇼가 나오고 있었다.

참고 있던 숨을 내쉬고 남편 옆에 무릎을 꿇는다.

"여보, 침대로 가."

조심스럽게 어깨를 두드리자 남편은 미간을 찡그리며 방어하듯 몸을 뒤척여 소파에서 완전히 떨어진 바닥에 웅크렸다.

그대로 다시 고른 숨소리를 내기 시작한다.

"이런 곳에서 자면 감기 걸려. 일단 자리라도 옮기지그래?"

다시 한번 가볍게 흔들었지만 "됐어." 하는 짧은 대답만이 돌아왔다.

나는 일어나서 남편을 내려다보며 한숨을 쉬고는 이불을 가지러 침실로 간다.

요즘 들어 남편은 이런 식으로 무언가를 하다가 그대로 거실에서 잠드는 일이 많아졌다. 피곤한가 보다 생각한다. 일 이야기는 거의 하지 않는 사람이라서 잘 모르겠지만 최근에 야근도 확실히 늘어났고, 밤에 욕조에도 들어가지 않고 잠들었다가 아침에 들어가는 경우도 종종 있었다.

안고 온 이불을 남편에게 살며시 덮어 주고 잠시 생각하다가 베

개도 가지러 간다. 거실에 돌아오자 남편은 자기 안으로 거두어들
이려는 것처럼 이불을 끌어안고 있었다.

무릎을 꿇고 무거운 머리를 간신히 들어 올린다. 머리카락 사이
에 넣은 손가락 끝에 축축한 열기가 닿자 몸 중심에 남아 있던 희미
한 욱신거림이 되살아났다.

그러고 보니 요즘 들어 남편과 잠자리를 하지 않았다. 귓불을 스
치던 손가락의 감촉이 되살아나서 황급히 베개를 머리 밑에 밀어
넣는다.

주방으로 이동해 냉장고에서 닭 가슴살과 대파와 생강을 꺼냈다.
앞치마를 두르고, 되도록 소리가 나지 않도록 조심하면서 요리한
다. 식칼에서 전해지는 규칙적인 리듬에 마음이 조금씩 안정을 찾
아 간다.

일단 남편에게는 이야기하지 말자고 생각했다.

제대로 설명했다고 해도 믿어 줄지는 알 수 없다. 설령 믿으려고
했다고 해도 의심은 남을 것이다.

아주 조금이라도 의심이 들기 시작하면 아무것도 몰랐던 때로는
돌아갈 수 없다. 그딴 남자의 이야기로 지금의 행복을 망가뜨리는
짓은 너무 어리석다.

결국, 지금 이야기하는 것은 자신이 편해지고 싶을 뿐이어서라는
생각이 들었다. 이야기해서 남편이 이해해 준다면 더 이상 그 사람
에게 겁먹을 필요는 없어진다.

하지만 생각해 보면 그 사람이 정말로 남편에게 이야기할 리가

없다.

발설해 버리면 나를 협박할 수도 없게 되며, 애초에 불륜 상대였다고 자처하며 남편 앞에 나타난다면 위자료를 물어 줄 사람은 그 사람이 된다.

나는 닭기름이 묻은 손을 물로 씻으면서 답답한 숨을 내쉬었다.

"반사판 좀 기울여, 좋아. 미키코 씨, 왼손 손가락을 좀 더 구부려 주시겠습니까, 네, 오케이입니다."

카메라맨의 목소리에 긴장했던 몸에서 힘이 빠진다.

"와, 멋져!"

먼저 컴퓨터를 들여다본 편집자가 들뜬 목소리로 외쳤다.

나는 움직여도 되는지 몰라서 망설이다가 카메라맨이 화면을 향하는 모습을 보고 접시를 테이블 위에 놓고 나도 목을 쭉 뺀다.

"어때요, 멋지죠?"

편집자의 말에 나도 소리 높여 호응해야지 하는데도 목소리가 잘 나오지 않았다.

이게 나라고?

사진에 찍힌 여자는 무척이나 위태롭고 공허해 보였다.

자연스럽고 센스 있는 벽지, 세련된 터번처럼 보이는 삼각 두건, 세월의 흔적이 느껴지는데도 청결해 보이는 앞치마와 운치 있는 전통 식기에 담겨 반짝이는 조림은 표지로 사용되기에 충분하다. 모두 자신이 하나하나 시간을 들이고 감성에 귀 기울여 가며 모아 온 것들이다.

하지만 어색하게 굳은 미소가 그 모든 것을 엉망으로 만들고 있었다.

"뭔가 마음에 걸리는 부분이 있습니까?"

아무런 평도 하지 않는 내가 불안했는지 카메라맨이 살피는 듯한 목소리로 물었다.

"아니, 그런 건 아닌데."

나는 반사적으로 부정하면서 터번이 기울어진 듯해 바로잡는다.

"아아, 머리가 걸리세요?"

카메라맨은 곧바로 다시 사진을 들여다보았다.

"왼쪽 머리끝이 확실히 삐쳤네요. 다시 찍을까요?"

"그게 아니라,"

급하게 끼어든 탓에 묘하게 강한 어조가 되어 버린다.

침묵이 흐르고 방 안의 공기가 긴장된다.

나는 더욱 당황해서 사진을 보는 척한다.

"이번에는 제 얼굴 없이 음식을 클로즈업하는 건 어떨까."

"네?"

카메라맨과 편집자의 목소리가 겹쳤다.

"얼마 전부터 생각했던 건데."

나는 어색한 분위기를 떨치기 위해 목소리 톤을 높인다.

"생각해 보면 지금까지 내 책은 전부 내가 음식을 손에 들고 있는 구도였잖아. 슬슬 변화를 좀 주고 싶다고 할까."

"아, 그러네요."

카메라맨이 의도를 이해해서 안심했다는 듯한 목소리로 말했다.

하지만 편집자는 "말씀하시는 부분은 잘 알겠어요." 하고 수긍하면서도 이제부터 부정하겠다는 태도를 보인다.

역시나 "하지만."이란 말이 이어졌다.

"요리 사진만 있으면 그야말로 다른 책과 똑같아져서 묻힐 거예요. 선생님 책의 경우에는 그냥 요리책이 아니라 아라이 미키코의 책이라는 것을 한눈에 알게 하는 것이 중요합니다."

"그건 알지만……."

"독자는 이미 아라이 미키코라는 브랜드로 책을 구입하고 있어요. 레시피뿐만 아니라 집 꾸미기나 쇼핑 스타일 같은 삶의 방식 자체를 동경해서……."

편집자의 매끄러운 목소리가 점점 귀에서 멀어지는 것을 느낀다.

삶의 방식 자체? 나의?

너무 아이러니해서 입가가 일그러지고 만다.

그 뒤로 남자에게서 몇 번이나 연락이 왔었다.

지금 시간 있어?

그런 식으로 느닷없이, 문득 생각이 났다는 듯이 보낸 문자에 특별한 내용은 없었다.

그저 상황만을 묻는다. 돈에 대한 언급도 없고, 만나자는 말도 하지 않는다.

그럼에도 의도는 확실하게 전달되고 있었다.

나는 문자 수신 화면에 그의 이름이 뜨기만 해도 놀라서 어찌할 바를 몰라 울고 싶은 마음을 참으며 무시한다.

상대해 주면 안 된다는 것을 알고 있었다. 상대해 줄수록 더 기어오른다. 이 녀석은 더 이상 협박이 안 통하는구나 하고 포기하게 만들어야 한다.

좀 더 위협적인 문자를 보내면 남편에게 상담할 수 있을 것이라고 생각했다. 하지만 그래서 더욱 그 남자가 그런 악수惡手를 둘 리 없다.

"마음에 걸리는 부분이 있으면 얼마든지 다시 찍겠습니다."

카메라맨이 몸을 내밀며 카메라를 고쳐 잡았다.

"이번에는 조금 각도를 바꿔서 찍어 볼까요?"

"자유롭게 요리하는 모습을 찍는 편이 변화도 줄 수 있고 역동감도 있지 않을까?"

"하지만 주방에서 찍으면 조금 생활감이 느껴질 수도……."

"그러면 테이블 위에 음식을 담는 모습은?"

"아, 그거 좋네요."

자신을 제외한 두 사람이 열기를 띠는 모습을 그저 멍하니 보고 있을 수밖에 없었다.


카메라맨과 편집자를 웃으면서 배웅한 후 현관문을 닫자 피로감이 한꺼번에 밀려왔다.

다리를 끌 듯 거실로 돌아가 소파에 쓰러진다. 순식간에 참을 수 없는 수마가 밀려왔다.

아, 졸려. 하지만 옷도 갈아입어야 하고, 머리도 풀어야 하고, 화장도 지워야…….

딩동 하는 나른한 소리에 벌떡 일어난다.

황급히 흐트러진 머리를 매만지고 인터폰을 연결한 순간, 지금 울린 소리가 맨션의 공동 현관에서 호출한 소리가 아니라 문 앞에서 호출한 소리라는 것을 깨달았다.

두고 간 물건이라도 있는 걸까.

방 안을 둘러보다가 벽시계가 눈에 들어왔다.

'두 시간이나 지났어?'

시곗바늘은 17시 30분을 가리키고 있었다. 아주 잠깐 눈만 감고 있을 생각이었는데, 그대로 잠이 들어 버린 모양이다. 그렇다면 누가 벨을 누른 거지?

침을 삼키며 인터폰 화면을 응시했다. 하지만 현관에는 방문자를 확인하는 카메라가 달려 있지 않다.

"……네."

망설이면서도 이미 인터폰을 연결해 버렸으니 없는 척을 할 수도 없어서 작은 목소리로 대답했다.

"나야."

쿵 하고 심장이 크게 내려앉았다.

어떻게?

"문 열어."

"왜…… 여기에."

"이대로 얘기해도 난 상관없지만."

그 말에 현관으로 달려 나갔다.

이런 모습을 누가 보기라도 한다면…….

잠금장치를 풀자 문손잡이를 밀기도 전에 문이 당겨지며 열린다.

"오랜만이야."

남자는 얼마 전 9년 만에 재회했을 때와 똑같은 어조로 말하며 미소 지었다.

나는 남자의 등 뒤를 확인하면서 팔을 잡아당기고 문을 닫는다.

"왜."

"왜라니 뭐가?"

당연하다는 듯 되묻는 소리에 시선이 흔들린다.

"왜…… 여기에."

묻고 싶은 말이 그것뿐은 아닐 텐데도 입 밖으로 나온 말은 그것뿐이었다.

"왜긴, 네가 무시하잖아."

묘하게 어린애 같은 말투로 엉뚱한 대답을 하는 그를 보자 오싹해진다.

"그러니까…… 그게 아니라, 이곳을 어떻게."

나는 주소를 가르쳐 준 적이 없다. 업무상으로도 비공개로 하고 있으며, 만약 담당 편집자에게 현직 편집자인 척하며 물었다고 해도 그가 내게 확인도 없이 함부로 가르쳐 주었을 리 없다.

남자는 대답하지 않고 신발을 벗고 집 안으로 들어왔다.

"들어오지 마."

곧바로 말렸지만 그는 무시하고 거실을 향한다.

"오, 잘 꾸며 놓고 사네."

남자는 집 안을 둘러보며 재미있다는 듯 말했다.

"훌륭해, 요리 연구가의 집다운 느낌."

"돌아가세요!"

나는 소리를 질렀다.

"갑자기 집으로 찾아오다니, 제정신이에요?"

"어쩔 수 없잖아. 연락이 안 되니까."

"연락할 테니까 빨리 돌아가요."

애원하는 말투가 되어 버려 더욱 초조해진다. 만약 지금 남편이

돌아오면…….

"지금 대답해."

남자의 말에 고개를 들자 남자는 가늘게 뜬 눈으로 온화하게 나

를 내려다보고 있었다. 나는 한발 뒷걸음질 친다.

"대답이라니…… 무슨?"

"지금 시간 돼?"

나는 다시 한발 뒷걸음질 친다.

"……시간 없습니다."

이 사람은 대체 뭘까.

"그래?"

남자는 고개를 끄덕이면서 한 걸음 다가왔다. 다시 내가 한 걸음 물러났고, 주방 카운터의 모서리에 등이 닿았다.

"앗!"

균형을 잃고 비틀거린 순간 팔이 휙 당겨졌고 허리를 잡혔다.

뜨거운 손바닥의 감촉에 반사적으로 몸이 반응했고, 그런 자신이 진심으로 싫어진다.

무섭다고 생각했고, 불쾌하다고 생각한다.

그가 정말로 돌아가길 바랐고, 두 번 다시 얽히고 싶지 않았다.

그런데도 몸이 이 남자의 손길을 기억하고 있다.

그때 탐닉하듯 달라붙던 손이 나에게 어떤 쾌감을 주었는지를.

"만지지 마."

팔을 뿌리치면서 말하는 바람에 목소리가 흔들렸다.

"돈은 다시 안 줄 거야. 남편에게 말하고 싶으면 해. 그러니까 빨리 나가."

좀 더 일찍 이렇게 해야 했다고 생각했다. 그때, 처음 협박당했던 그때.

딱 잘라 거절하고 정말로 남편에게 들켰을 경우에는 머리가 이상한 사람이라고 말하면 됐을 터이다. 사인회에 온, 그저 팬일 뿐인데도 제멋대로 나와 사귄다는 망상에 빠졌던 모양이야. 스토커일지도 몰라. 그렇게 얘기했다면 그걸로 끝났을 것이다.

"오."

남자가 재미있다는 듯 눈을 가늘게 떴다.

"남편에게 말해도 된다고?"

"나는 떳떳하지 못한 일 따위 한 적 없으니까. 당신이 이상한 사람이라고 설명하면 그는 믿어 줄 거야."

"차용증이 있어도?"

"그건……."

시선이 흔들린다.

"미코가 쓴 거잖아."

남자는 설득하는 듯한 목소리로 말한다.

"그렇게 부르지 말라니까!"

"남편은 믿지 않을 거야."

남자는 명료한 목소리로 단언했다.

"설사 겉으로는 믿는 척해도 마음속에는 의심이 계속 남지. 그건 평생 사라지지 않아."

마치 고백이라도 하는 듯한 말투에 눈앞이 아득해진다.

"설마……. 난 아무것도 안 했는데."

"아무 짓도 안 했는데 불륜으로 여겨지는 걸 납득 못 하겠다?"

남자가 내 손을 잡았다.

"그러면 뭐라도 해 줄까?"

"농담하지 마."

목소리가 갈라진다.

최악이라고 생각했다. 이게 대체 뭐야. 말도 안 돼. 왜 이런…….

"나가."

내뱉듯 말했다.

"당장 나가지 않으면 경찰 부를 거야."

"불러."

남자는 전혀 동요하는 기색을 보이지 않는다.

"내가 그렇게 못할 것 같아?"

"아니."

남자는 고개를 흔들지 않고 말로만 부정했다.

"너는 부를지도 모르지. 하지만 부른 후에 알게 되겠지. 경찰을 불러서 나를 체포하게 한다면, 주변 사람들이 무슨 일인가 싶어서 몰려나올 거라고."

남자의 목소리는 온화했다.

"그러면 나는 사귀고 있다고 말할 거야."

부드럽게 노래하는 듯한 목소리로 말한다.

"네가 아무리 부정해도, 내가 집에 들어온 이상 경찰도 주위 사람도 내 말을 믿게 돼. 뭐야, 치정 싸움인가. 경찰은 그렇게 생각하고 돌아갈 거고, 주위 사람들은 네가 불륜을 저지른다고 생각하겠지."

"그만해!" 순간적으로 말을 막았지만 명료하지 않은 머리로도 이렇게 하면 안 된다는 생각이 들었다. 약한 모습을 보여서는 안 된다. 의연해야 한다. 그렇게 생각하면서도 "알았으니까," 하는 말이 입술을 비집고 나와 버린다. "돈이라면 줄게."

이대로 있다가는 남편이 돌아온다. 남편은 내가 이 남자를 집에 들였다고, 다른 곳도 아닌 집에서 불륜을 저지르고 있었다고 생각할 것이다.

"고마워."

남자는 정말로 사랑스럽다는 듯 눈을 가늘게 떴다.

이 표정에 아무런 의미도, 가치도 없었다는 것을 깨닫는다.

시야가 어지럽게 흔들리는 것을 느끼면서 소파로 가서 가방에서 지갑을 꺼내는 와중에 스마트폰 화면이 빛을 내고 있는 것이 눈에 띄었다.

눈길이 무심코 스마트폰을 향했고, 다음 순간 숨을 삼킨다.

'지금 출발해.'

남편의 문자는 한 시간 정도 전에 와 있었다.

남편의 회사에서 집까지는 약 한 시간.

지금 당장이라도 들어올 수 있는 시간이다.

나는 남자에게 달려가 지갑에 있는 1만 엔짜리 지폐를 전부 쥐여주며 복도로 밀어붙였다.

"남편이 오고 있어. 빨리 나가. 이런 모습을 보였다가는 당신도 나를 협박할 수 없게 되잖아. 나중에 이야기하고 일단 지금은⋯⋯."

밖에서 승강기 문이 열리는 소리가 들린 것은 그때였다.

'큰일 났다!'

온몸의 피가 빠져나가는 기분이었다.

나는 남자의 팔을 세게 당겼다.

"왔어."

짧게 말하고, 내 방으로 뛰어가 옷장에 남자를 밀어 넣는다.

"부탁이니까 절대로 아무 소리도 내지 마."

일방적으로 명령하고 옷장 문을 닫은 것과 현관에서 열쇠를 돌리는 소리가 울린 것은 동시였다.

복도로 뛰어나가 자신의 방 문을 닫은 순간 잠긴 현관문을 흔드는 소리가 들리고, 다시 열쇠를 돌리는 소리가 이어진다.

'아, 문을 안 잠갔지.'

현관으로 다가가다가 평상시와 다르게 마중 나가는 것도 이상하겠다 싶어서 서둘러 몸을 돌린다. 거실로 들어가자 복도에서 발소리가 들렸다.

"아, 어서 와."

목소리가 올라가지 않도록 힘을 주면서 말끝을 길게 늘인다.

"고생했어. 오늘은 일찍 왔네?"

얼굴을 마주 보면 이상함을 눈치챌 것 같아서 거실과 이어진 주방으로 가서 의미 없이 냉장고를 열었다.

"미안해, 촬영이 좀 길어져서 아직 저녁 준비를 못했어."

남편의 대답이 들리지 않는다.

심장이 아플 만큼 뛰고 있었다. 어떡하지, 어떡하지, 어떡하지.

지금 저 남자가 나와 버리면.

"괜찮아, 아직 많이 배고프지는 않아."

남편의 목소리는 세면대 쪽에서 들렸다. 물이 흐르는 소리가 이어진다.

나는 남편이 즐겨 마시는 탄산수를 냉장고에서 꺼내 의식적으로 미소를 지으며 세면대로 향했다.

"고생했어."

다시 한번 말하면서 탄산수를 내밀자 남편은 "오, 고마워." 하며 받아 들고는 목을 젖혀 벌컥벌컥 마신다.

목울대가 작은 벌레처럼 꿈틀거리는 것을 지켜보다가 고개를 돌렸다.

"피곤하면 생강양념구이라도 만들어 줄까?"

"좋지."

남편은 수건으로 얼굴을 거칠게 닦는다.

그대로 복도로 향하려는 남편의 등에 대고 나는 "앗." 하는 소리를 냈다.

"응?"

남편이 돌아본다.

나는 시선을 피하고 싶은 마음을 꾹 참으면서 코를 킁킁거려 보였다.

"땀 많이 흘렸어?"

"냄새나?"

남편은 팔을 들어 겨드랑이 가까이에 코를 댄다. 그리고 얼굴을 찡그리더니 조그맣게 말했다. "샤워할게."

"그러면 그동안 식사 준비할게."

나는 주방으로 가서 도마와 칼을 조리대에 올린 다음 귀를 기울였다.

욕실 문이 닫히는 소리를 기다렸다가 조심스럽게 칼을 내려놓은 후 세면대로 향했다.

욕실에서 물소리가 들리기 시작한 것을 확인하고 재빨리 몸을 돌려 자신의 방으로 달려간다.

쏜살같이 옷장으로 가서 문을 열었다.

"지금 빨리!"

"먼지투성이군."

남자는 여유 있는 태도로 얼굴을 찡그린다.

"부탁이야. 지금 나가면 들키지 않을 수 있어."

"이런, 진정해."

"정말 안 된단 말이야, 제발."

나는 울고 싶은 심정으로 남자의 팔을 잡아끌었다. 남자는 말과는 달리 저항하지 않고 현관까지 따라온다.

"나중에 연락할 테니까, 여하튼 오늘은,"

물소리가 멈추자 심장이 쪼그라든다.

남자가 입을 열려는 것을 손톱으로 어깨를 꼬집어 막는다.

다시 들리기 시작한 물소리에 손을 놓자 남자는 쓴웃음을 지었다. "거봐, 진정하라니까."

"조용히 해."

나는 욕실을 돌아보면서 목소리를 낮춰 화를 낸다.

"제발, 빨리!"

"자자, 일단 심호흡."

실실 웃는 얼굴을 보자 울음이 터질 듯했다.

왜 빨리 안 나가는 걸까.

어떻게 해야 될까.

"왜 이런 짓을 하는 거야?"

결국 눈물이 떨어지고 만다.

"내가 당신한테 무슨 짓이라도 했어?"

"딱히."

머리 위에서 냉담한 목소리가 들려온다.

"그러면 왜……. 나는 나쁜 짓도 안 했는데."

"꼭 나쁜 짓을 해야만 나쁜 일이 일어나는 건 아니지."

나는 고개를 들었다.

남자의 조용한 눈과 시선이 얽힌다.

하지만 그것도 잠시, 남자는 더러운 신발에 발을 밀어 넣으면서 입술을 일그러뜨렸다.

"너, 정말 몰랐구나."

"뭘?"

"그 사인회가 구 년 만의 재회는 아니었어."

뭐? 하는 소리가 목까지 올라온다.

"하긴, 넌 늘 이쪽을 안 보니까. 숨을 참으면서."

무슨 말인지 물어볼 틈도 없이 남자는 문을 열고 그대로 집을 나갔다.

나는 멍하니 그 등을 바라보고 있었다.

살았다고 생각하는데도 안도감이 들지 않는다.

'방금 그건 무슨 말이지?'

그때 욕실 문이 열리는 소리가 들렸다.

깜짝 놀라 숨을 삼키며 황급히 주방으로 돌아간다.

냉장고에서 생강을 꺼내 바쁘게 갈기 시작했다.

손끝에 날카로운 통증을 느끼며 생강을 떨어뜨린다. 배어 나온 피를 씻어 내고 키친타월로 닦았다.

'뭐 하는 거야.'

남편이 욕실에서 나오는 기척이 나자 얼굴을 쥐어뜯고 싶어진다.

'일단 진정해야 해.'

남자는 내보냈다고 해도 너무 부자연스럽게 행동하면 의심을 살 지도 모른다.

나는 양념 재료를 섞고 돼지 등심에 박력분을 입혀 불에 올린 후 살며시 스마트폰을 꺼냈다.

아까는 미안했어, 하고 문자를 입력하다가 손을 멈춘다.

난 앞으로 어쩔 생각인 걸까.

앞으로 계속해서 돈을 줄 수는 없다. 하지만 이전처럼 연락을 무 시할 수도 없다.

남자는 집까지 알고 있다.

거기까지 생각하다가 다시 아까의 의문이 떠오른다.

남자는 어떻게 우리 집을 알았을까.

저번에 헤어진 후 나를 미행했을까, 아니면.

'그 사인회가 구 년 만의 재회는 아니었어.'

그 말은 어떤 의미였을까.

'넌 늘 이쪽을 안 보니까. 숨을 참으면서.'

숨을 참아?

그럴 리가……. 그렇게 생각한 순간이었다.

뇌리에 익숙한 광경이 떠오른다. 냄새가 나서 숨을 참고 잰걸음으로 지나가는.

쓰레기 수거장.

'청소 회사야. 맨션이나 오피스 빌딩 청소.'

나는 숨죽이고 현관을 보았다.

'그 사람이 이 맨션의 청소부였다고?'

바닥이 가라앉는 느낌이 들면서 현기증이 일었다.

아니라고 부정해 본다. 아는 사람이 이런 곳에 있었다면 설마 못 알아볼 리가 없다고.

하지만 청소부의 얼굴을 떠올려 보려고 해도 조금도 떠오르지 않는다.

발끝에서부터 미세한 떨림이 올라온다.

'전혀 눈치채지 못했어.'

이 맨션의 청소부라면 건물 안으로 들어오는 것은 간단하다.

거기까지 생각하다가 마침내 깨닫는다.

그 사람이 왜 나를 '미코'라고 불렀는지.

나는 이미 그렇게 불릴 나이도 아니고, 그런 관계도 아니다. 그런데도 굳이 그런 호칭을 택한 이유는 '하지 말라'는 말을 내게서 끌어내기 위함이 아니었을까.

'그러면 뭐라고 부를까? 아라이 씨?'

'지금은 이치카와입니다.'

현재의 성을 알면 몇 호인지 알 수 있으니까.

"여보!"

갑자기 바로 등 뒤에서 성난 목소리가 들렸다.

"뭐 하는 거야!"

남편은 나를 밀치고 달려가 불을 껐다.

"불 켜 놓고 뭐 하는 거야."

순식간에 탄내가 코를 찔렀고, 제정신이 들었다.

"미안해……. 잠시 딴생각을 하고 있었어."

"무슨 생각을 하든 상관없는데, 똑바로 해."

정말로 성가시다는 듯한 말투에 움찔한다.

"미안해."

"딱히 사과를 받고 싶은 건 아니고."

냉수를 끼얹은 듯 몸 깊은 곳부터 차가워진다.

"……저기, 바로 먹을 수 있는 걸 사 올게."

알았어, 하고 남편은 나와 눈도 마주치지 않은 채 프라이팬을 던지듯 싱크대에 넣었다.

나는 지갑을 들고 도망치듯 현관으로 향한다. 아무렇게나 벗어 놓은 펌프스가 아닌, 스니커를 꺼내기 위해 신발장 문을 연 순간.

쿵 하고 뒤통수를 세게 얻어맞은 듯한 충격이 전해졌다.

'신발을 숨기지 않았어. 남편 것이 아닌 그 더러운 신발.'

남편이 못 봤을 리가 없다.

집에 돌아왔더니 현관에 낯선 남자 신발이 있다…….

하지만 남편은 내게 이유를 묻지도 않았고, 시키는 대로 욕실로 향했다.

마치 이 틈에 빨리 정상적인 상황으로 돌려놓으라는 듯.

'무슨 생각을 하든 상관없는데, 똑바로 해.'

남편의 목소리가 뇌리에 메아리친다.

눈앞의 문이 열리고, 남의 것처럼 느껴지는 발이 움직여 밖으로 나갔다.

문이 닫히는 순간 미모사 화환이 조그맣게 흔들린다.

먼지 하나 없는 복도에 떨어진 작은 꽃이 초점 잃은 시야에 들어오더니 부옇게 흐려졌다.

# 더러운 손을 거기에 닦지 마

초판1쇄 발행 2022년 4월 15일

지은이 | 아시자와 요
옮긴이 | 박정임
발행인 | 박세진
표지디자인 | 허은정
용　　지 | 두송지업
인　　쇄 | 대덕문화사
제　　본 | 바다제책사

펴낸곳 | 피니스 아프리카에
출판등록 | 2010년 10월 12일 제25100-2010-000041호
주소 | 03958 서울시 마포구 망원동 419-3 참존 1차 501호
전화 | 02-3436-8813
팩스 | 02-6442-8814
블로그 | blog.naver.com/finisaf
메일 | finisaf@naver.com